セミの歌、きみに届け

張之路 作　高野素子 監訳　中村邦子 訳

樹立社

目次

1　シュウナン

シュウナン（秀男）の名前は、しょっちゅう誤解される。優秀でかっこいい男の子、と思われがちだが、実はいたって普通な中学三年の女の子なのだ。

夏になってからずっと、シュウナンはセミの歌を聞きたくてたまらないのに、なぜか、どこからも聞こえてこない。もしかして環境汚染のせいで、セミたちは絶滅の危機に瀕しているんだろうか。そうでなかったら、通りの両側に青々と茂っているポプラ並木は、どうして死んだようにひっそりしているんだろう。

セミの歌、特にあの大合唱がなければ夏は始まらない。夏の一番暑いときは、セミたちも一番興奮していて、朝から晩まで、力の限り、絶えず鳴き続ける。そして立秋になり、とある小ぶりな種類のセミ――こちらの方言で「伏天」という――が現われるとようやく、声に抑揚の変化が生まれ、ちょっとしたメロディーになる。「フーア、フーア」という声からは、ものさびしい気分がかもしだされる。……まったく、セミの歌が聞こえない夏なんて、本当の夏とはいえない。

チュ・シュウナンとライ・シャオジュは、黙って歩いていた。

第一回の模試の答案が返って来て、シュウナンはクラスでビリから三番目、ライ・シャオジュはビリから二番目だった。二人は試験で気力の九割を費やし、残りの一割は成績を見てがっかりするのに使い果たしてしまって、もうお互いに慰めあうこともできなかった。

高校入試まで、あと二カ月足らずだ。第一回の模試の前、先生は「今回の模試は大変重要です。入試の成績が予測できますし、自分が受験生の中でどのぐらいの位置にあるかがわかるのです」と言った。模試が終わると、先生は今度はしぶしぶ、仕方なさそうにこう言って励ました。

「今回の成績に少々問題があったとしても、入試での運命が決まったわけではありません。より一層の努力さえすれば、奇跡が起こらないとはかぎらないのです。人生にチャンスはそう何回もありません。いまがんばらなくて、いつがんばるんですか」

「見て！」

突然、ライ・シャオジュがポプラの大木を指さして言った。

シュウナンがそちらを見ると、なにか黄土色の小さなものが、ポプラの幹をゆっくりと登っている。

「セミ猿だ」

二人は一緒に駆けだした。この地方では、セミの幼虫をセミ猿という。小学校の「常識科」(1)の授業で、先生が教えてくれた。セミはとても奇妙な昆虫で、卵は地下でおよそ七年ものあいだ「辛抱」し、全身を覆う「よろい」ができあがると、ようやく固い土の中から地上に這い出てくる。普通は夜明けに木の幹に登って「よろい」を脱ぎ捨て、木の梢に止まって大声で鳴いてひと夏を過ごし、そして死ぬ。もし夏を三か月とすれば、セミが地上で生きている時間は、地下で成長している過程の三十分の一ということになる。本当に不思議だ……。

ライ・シャオジュがセミ猿の背中をつまんで手のひらに乗せると、それは六本の小さな脚を必死でバタバタさせた。

シャオジュが言った。

「シュウナン、わたし、すごくせつない」

「どうしたの?」

「考えてみて、もしわたしがセミみたいに、お母さんのお腹の中で待つこと七年、ようやく生まれてたった三か月しか生きられなかったら、どんなに辛くて悲しいか！　わたし、考えただけで息ができなくなりそう」

シュウナンは笑いだした。

「そんなことを考えるんなら、早くその子を放してあげなよ。ようやくこの世に出てきたんだから、じゃまなんかしないで」

シャオジュは背伸びをして、腕を伸ばし、セミ猿を人目につかない場所に置いてやった。

「元気でね」

シュウナンが木の幹をポンポンたたいた。

「音大に受かりますように！」

「この子に入試はいらないよ、明日の朝にはもう歌ってる」

シュウナンはもういちど木の幹をたたいた。

「さ、もっと高いとこへ行きなさい、捕まらないように」

ライ・シャオジュは大きな声で言った。

「セミ猿くん、親切にしてあげたんだから期待に応えるんだよ。明日は歌を聞きに来るからね！」

道行く人が、木に向かって代わる代わる話をしている二人の女の子に気づき、立ち止まって不思議そうに顔を向けた。

二人が振り向くと、けげんそうな視線が突き刺さった。シュウナンとシャオジュは顔を赤くし、手を取り合って駆け出したが、そのあいだもおかしくて笑いが止まらなかった。


さよならを言う頃になって、ようやくセミの世界から現実に戻ると、二人の歩みはだんだんのろくなってきた。さっきまで楽しくふるまっていたけれど、今日の成績で、こんなに浮かれていていいはずはない。

シュウナンは小声で言った。

「お父さんにぶたれるかな？」ライ・シャオジュのお父さんがものすごいかんしゃく持ちで、大切な試験の時に特にそうなることを知っていた。

シャオジュは苦笑いして首を横に振ったが、それは「ううん」なのか「たぶんダメ」なのかは、よくわからなかった。

ライ・シャオジュのこの表情はシュウナンの心に残り、家に帰りつくまでずっと付きまとって離れなかった。

思いがけないことに、今日は父さん母さんがそろって家にいた。ふだん、この時間は、二人ともまだ仕事をしている。「指導者」の一人が家で「お帰り」と言ってくれることさえ、めったにない。

二人は同時に顔を上げてシュウナンに目を向けた。その暗い表情は、娘がまた悪い知らせを持って来たことを、もう知っているかのようだった。

シュウナンには災難がやって来たのがわかった。父さん母さんは二人とも大学出のエリートだから、ライ・シャオジュのお父さんみたいなことは絶対にしない。けれども、いつもこんなふうに、二人にあの暗澹とした視線を向けられたり、あの深くて長いため息を聞かされたりするたびに、シュウナンは二人がガツンと殴ってくれたほうがましではないか、と恨めしい気持ちになる。肉体の苦痛は、精神の苦痛よりがまんしやすい。

が、今日の張りつめた憂鬱な雰囲気は、もう前から用意されていたもののようだった。

「とうさん……かあさん……」

シュウナンの声は聞き取れないぐらい小さい。

大学の先生をしているチュ・イーランは、娘の声に胸をドキリとさせた。娘の低く懇願するような声は、一番恐ろしい。そこからは許しを乞い、罰さないでと求めさえする気持ちが、手に取るように感じられる。

シュウナンは小学校に入ってからもう九年になるが、毎回試験の出来が悪いと、家に帰ってくるたび、いつもこんなふうに哀れな声で両親を呼ぶのだった。

チュ・イーランは妻と目を見合わせると、娘のほうを向き、できるかぎり冷静なそぶりで、娘に尋ねた。

「学校で何かあったのか」

「試験がだめだったの……」シュウナンはつぶやくように言った。

「何点だったの」母さんが冷やかに聞いた。母さんも父さんと同じように、悪い予想が現実になったことを見て取っていたが、それでも自分たちの取り越し苦労でありますように、とわずかな希望を持っていた。

「国語八十六点、数学七十五点、外国語六十一点、政治九十点、歴史五十八点……」

チュ・イーランの頭はガンガン鳴った。どの科目も大してできていない上に、落第点が一科目ある。落第点はこの九年間で初めてだ。イーランはもうだめだという気持ちになったが、それでも一縷の望みを託すように言った。

「クラスのみんなはどうだったんだ？」

シュウナンには両親の気持ちがよくわかった。もしみんなも同じように出来が悪ければ、自分の「だめだった」はそれなりに「まし」になるだろう。けれど、もしみんなが良くできていれば、自分の成績はそれこそ悲惨なものになる。

「わかんない」シュウナンは低い声で答えた。

チュ・イーランはどなった。

「おまえのその「わかんない」が気に入らんのだ！」

シュウナンは二人がうすうす気づいているのだと思うと、ふいに体を固くした――シュウナンは、実はみんなの成績が自分より良かったことを知っていて、それなのに「わかんない」と言っていると――。

チュ・イーランはとてもまじめな人だ。そのまじめさのために、賢い頭脳は時に混乱を起こした。小学六年生の頃、シュウナンが「わかんない」と言ったとき、イーランは本当に娘がほかの子たちの成績を知らないのだと思い、この子には競争心がないのだと決めつけた。自分の前後左右に座っているクラスメートの成績に関心を持たないとは、自分がクラスの中でどのくらいの位置にいるのかまったくわからないとは、つまり競争心ゼロということではないか。競争心のない子どもにいったいどんな進歩があるというのだろう。

しかしシュウナンが中学に上がってから、チュ・イーランにはだんだんわかってきた。娘は、実はクラスの中での自分の順位を知っている。シュウナンが「わかんない」というときは、つまり成績がひどく悪いということだ。

それにもかかわらず、こんなことがあるたびに、イーランはやはり、誰もが望んでいない現実がわかってしまうまで、娘をしつこく問い詰めずにはいられなかった。

シュウナンには、父さんがまたお約束の「いつものお説教」をすることがわかっていた。父さんには、ほかに気持ちのやり場がないからだ。

シュウナンの目に涙があふれた。「いつものお説教」はたまらないけれど、一方では父さんに申し訳ないと思っていた。

「シュウナン、あなたどうして自分の成績が悪いのかわかっている？」

母さんが突然、静かな声で聞いた。

「わかってる」

「どうしてなの？」

「努力が足りない、忍耐心と根気が足りない、学習方法が良くない……」かわいそうなシュウナンは一つ一つ理由をひねり出した。実際にはシュウナンは努力もしたし、苦しいことにも耐えた。もし学習方法が悪いと言うなら、それは一理あるかもしれない。でも学習方法とはいったいどういうものなのか、まったく見当がつかなかった。

「それから？」

「わからない……」

「お母さんが言っていい？」

シュウナンはこれからとても大事なことを言われるな、と思い、顔を上げて母さんを見た。

「そもそも、勉強に集中していないのよ」と、母さんはゆっくりと言った。その話し方は不思議なぐらい冷静で、かえってシュウナンをぞくっとさせた。母さんはふだんこんな話し方をしない。父さんがシュウナンを叱りつけるとき、母さんは脇でその程度をきちんと心得ていて、最後にいつも励ましてくれた。父さんがエスカレートした時は、母さんはタイミングを合わせて父さんと一緒に立ちあがり、いつでも父さんを押さえてシュウナンとの間に入れるように構えてくれた。

けれども、今日はどうしたんだろう。母さんの声は、よその知らない人みたいに聞こえる。

シュウナンはいぶかしそうに母さんを見た。

母さんは一冊のぶ厚い本を取り出し、机の上で開いた。すると三通の手紙が現われた。

シュウナンは、突然燃える炎を突きつけられたようなショックを感じ、あわてて顔をそむけると、思わずうつむいた。

三通の水色の封筒に入った手紙を、シュウナンは一字も間違えず暗唱できるほど、よく知っている。しかしいま、その水色は見たことのない恐ろしいものに変わって一面に広がり、荒れ狂う海となって襲いかかってくるところだ。シュウナンはあっというまに飲み込まれてしまうだろう……

「知り合いなの？」母さんの厳しい声ははるか遠くから聞こえてくるようだ。

シュウナンはぼんやりと立っていた。まだ夢の中にいるように感じられた。

「ちゃんと答えなさい！」母さんは机をバシンとたたいた。ではなく、机の上の三通の手紙を憎々しげにたたいていた。

シュウナンはぼうっとしたまま、うなずいた。それは、一人の男子がよこしてきた手紙だった。マットレスとベッドの間に挟んでおいたのを、母さんがどうやって見つけたのかはわからない。しかしいま、それを母さんに聞く権利は自分にはないと思った。

「その子の名前はなんていうの？　同じクラスなの？」

「知らない」

シュウナンの声が、かすかに震えた。

「シュウナン、もう嘘をつくのはやめなさい。そんなこと言って誰が信じると思うの」

母さんの声が遠くから戻ってきたが、その声はこれ以上ないぐらい冷たく厳しかった。

「シュウナン、こんなふうに勉強していて、成績が良くなるわけないでしょう。もう中三の後期で、すぐに高校受験なのに、どうしてなの。父さんも母さんも、まさかあなたがこんなことになっているなんて、思いもしなかった。わたしたちはあなたのために毎日心配して、気を使って、復習を手伝って、個人教授をつけて、家の手伝いもさせないようにして……父さんも母さんも白髪が増えてしまったわ。それなのにこのありさま、いったい誰に顔向けできるの？」

声もなく、涙がシュウナンの頬を流れた。

「言いなさい、その男の子は誰なんだ」父さんがイライラしている。

「本当に知らない……」

「そんなばかな！　恋をするのに相手が誰かも、姿も、名前もわからないなんてことがあるものか……」

「恋なんかしてない！」シュウナンは、むっとして言った。

「おまえが恋をしているかどうかは問題じゃない。だが、手紙には、おまえが好きだとか、何だとか書いてあるじゃないか？　シュウナン、わたしたちに本当のことを言いなさい、父さんも母さんもおまえのためを思っているんだ……」

（1）中国の小学校高学年で理科・衛生・保健の基礎を教える教科。

2　ライ・シャオジュ

シュウナンは本当に手紙をくれた男子の名前も、どんな姿をしているのかも知らなかった。何年何組かも、いや、同じ学校の生徒かどうかもわからなかった。

一か月前のこと。中間テストがすんで、生徒たちがみんな下校したあとも、シュウナンは教室で一人ぼんやりと座っていた。

教室はがらんとしていた。風が吹くと、きちんと閉まっていない窓がギーギーと音を立て、静かな教室にわびしい雰囲気をもたらした。

ときどき遠くから、バスケをやっている男子たちのにぎやかな声が聞こえてくる。バスケをやっている子たちには勉強のできる子も、できない子もいるが、いずれにせよ遊ぶだけの時間はあった。一方で、シュウナンは遊ぼうとしはしない。シュウナンにとって、バスケ男子たちはうらやましかったが、それはぜいたくというものだ。そんな暇があったら勉強をしなければ。

けれどもいま、シュウナンは先生の講評が書かれた答案用紙を広げて頭に入れようとしながら、気持ちは別のところにあった。家に帰っても、両親の期待に満ちた視線に向き合う勇気はない。いつかは悪いニュースを知らせなければならないとしても、遅い方がいい。そんなこんなで、シュウナンはいつも家への一歩を踏み出せなかった。

さびしさがシュウナンの心をかすめた。

教室のドアが急に開いて、ライ・シャオジュが現われた。

「どうして戻ってきたの?」

びっくりするのと同時に、シュウナンは何となくほっとした。

「シュウナンこそ、なんで帰らないの?」シャオジュの目にはシュウナンと同じような感情があった。

二人はおたがいに聞いてはみたけれど、返事はないまま、じっと一緒に座っていた。

シャオジュがカバンからパンを一つ取り出して差し出した。

「まだご飯食べてないんでしょ」

シュウナンはうなずいた。シャオジュは、パンを半分にちぎって、その半分をシュウナンに渡した。シュウナンはその手をよけるようにして言った。

「なんで帰ってご飯を食べないの?」

ライ・シャオジュは黙って唇をかみしめた。涙がぽたぽたとこぼれ落ちてきた。

「うちでなにかあったの？」シュウナンは心配そうに聞いた。

「ううん……」

パンのかけらがシャオジュの手から落ちた。何ものどを通らないのだ。

「どうして泣くのよ？」

ライ・シャオジュは唇をぎゅっとかみしめたまま。

「またお父さんがぶつの？」

突然、シャオジュがわっと泣きだした。シュウナンも鼻の奥がつんとした。シャオジュのお父さんに比べたら、うちの父さんはまだましだ。父さんはいくら怒っても手を出したりはしない。激怒しても、せいぜい二言三言きつい言葉で叱りつけるだけだ。

シュウナンは、ライ・シャオジュの手を取った。

「うちまで送るよ」

「帰りたくない」

「でもずっと教室にいるわけにいかないよ？」

シャオジュは黙ってしまった。

「いっしょにいてあげようか」

「いらない！」

「先生に話しに行って来ようか」

「ぜったいダメ！」

しばらく沈黙したあと、シャオジュはまた急に言いだした。

「シュウナン、わたし、めちゃくちゃ悲しい」

シュウナンはうなずいた。けれどもちょっと変だなと思った。ライ・シャオジュは、ふだんはこんな話し方をしない。この子が悪いことを考えるなんてあってはならない。シュウナンはなおのこと、すぐには家に帰れないと思った。親友がこんなに悲しんでいるのに、放っておくことはできない。


下校のチャイムが鳴った。

「ずっとここにいるわけにはいかないよ。遅くなったら、お父さんが余計に怒るでしょ」

「少しでも遅く帰れるなら、そのほうがいい。シュウナンは悲しくないの？」

シュウナンは調子を合わせるようにうなずいた。

「親たちはわかってくれない」

シュウナンはうなずく。

「クラスのみんなもわたしたちを見下してる」

シュウナンはもう一度うなずく。

「心からの話をする友達もいないし」

「わたしがいるじゃない？」

「うん……もちろん……」

突然、ライ・シャオジュはシュウナンの手をつかんで言った。

「シュウナン、わたし、秘密があるの」

「どんな秘密？」シュウナンは目を丸くした。

シャオジュはシュウナンを見ると、言いたくないとでもいうように、黙ってしまった。秘密の重大さを気にしているか、あるいはシュウナンがどのくらい秘密を守ってくれるかを疑っている様子だ。

シャオジュは学校をやめたいと思っているんだろうか、それとも自暴自棄になりたいのだろうか。シュウナンはこれ以上想像したくなかった。もしシャオジュがそんなことを考えているなら、できるかぎりのことをして止めるつもりだ。

シュウナンもシャオジュの手をぎゅっと握った。

「話して、秘密は守るから。誰にも、永遠に言わないから！」

「わたし、彼氏が欲しい」シャオジュの目がきらりとした。

シャオジュの話が終わらないうちに、シュウナンのほうが赤くなり、心臓は妙にドキドキしはじめて、シャオジュのぶんまで恥ずかしくなってきた。

ライ・シャオジュはいわゆる美人タイプではなく、基本的にあまり人目も引かず、性格も活発というわけではなかった。歌や踊りがうまいわけでも、話し上手でもなく、おまけに恥ずかしがり屋だ。だから、シャオジュの口からそんな言葉を聞いたとき、シュウナンはものすごくびっくりした。だが、一つだけ信じている。ライ・シャオジュは絶対に不良なんかではない。

シュウナンは、自分たちの年代の子がこういうことを考えるのはあまり良くないと思っていた。子どもはこんなことに関わるべきではない。「まじめ」な子のすることではないし、さらに勉強にも影響する。とはいえ、クラスの子たちがこういうことでふざけたり、お互いをからかったりはやしたてたりするとき――例えば、誰かと誰かが付き合ってるとか、ラブレターを書いたとか、一緒におしゃべりしながら歩いていたとか――誰もシュウナンをからかったりしないのには、何ともいえない、微妙なさびしさを感じた。みんなが遊んでいるとき、自分から入りたくはないけれども、誰かが誘ってくれないかなと思うのと同じだ。いったいどうして？　自分でもはっきり説明がつかなかった。

だから、ライ・シャオジュの話を聞いた時、シュウナンはびっくりもしたが、ちょっとわかるような気がして、少なくとも反対はしなかった。でも、成績が悪いうえに、こんなことを考えていたら、まわりからよけいに軽蔑され、こう言われるだろう。「ほら、あんな落ちこぼれなのに、彼氏が欲しいんだってさ！」

「ほんとにそう思ってるの？」シュウナンは顔を上げて、自分がその話をしたみたいに、決まり悪そうに言った。

ライ・シャオジュは唇をかんだまま、うなずいた。

「彼氏をつくってどうするの」

「いっしょに話をしたい。ほかの人に言えないこととか」

「それ、女の子と話すのと違うわけ？」

「違うの……男の子だったら、なんていうか、もっと頼れるっていう感じがする」

シュウナンは、ほっとため息をついた。シャオジュは何かとんでもないことを考えているわけではなさそうだ。

「シュウナンは、彼氏欲しくない？」

シャオジュはシュウナンの目をじっと見て聞いた。

こんなことをシャオジュに聞かれるとは。シュウナンはまた赤くなった。

「わたしは秘密を全部話したよ。だからシュウナンもほんとのことを言って」

「わかんない……」

シュウナンはどぎまぎして答えた。

シュウナンとライ・シャオジュは、学校の成績のほかは、あまり似ていない。シュウナンはシャオジュにくらべて美人で小柄で、生まれつきの可愛らしさがあった。それで、同い年ではあったが、見かけの上だけではなく精神的にも、シュウナンはシャオジュの妹のようだった。

次の日の昼休み、ライ・シャオジュはシュウナンを校舎の裏のエンジュの木の下にそっと呼び出した。まわりに人がいないのを確かめると、シャオジュは神妙な様子で一通の手紙をシュウナンに手渡した。

「これ、ある男子からシュウナンに渡してって頼まれたの」

シュウナンはびっくりぎょうてんした。不意に現れた手紙に、まとまった考えが何も浮かばない。

「何か言えないことがあって手紙を書いたのかな？」

「そりゃ、言えないでしょ」

シャオジュはわけあり顔で言う。

「誰から？」

シュウナンはドキリとした。何かに気づいたようだ。

「素敵な男子。名前は秘密！」

「どういうこと？」

「わたしが知ってるわけないでしょ。見てみればわかるじゃない？　この手紙は絶対他人に見せないでね、それと、わたしから受け取ったことも言っちゃだめ」

言い終わるとライ・シャオジュは飛ぶように行ってしまった。

シュウナンはその手紙を、重たいお皿を持つように手のひらに載せた。水色の封筒には「チュ・シュウナン様」と書いてあり、差出人を書くところには「中を見てください」とあった。

シュウナンの心臓はドキドキ弾んだ。封筒を太陽にすかしてみて、それからさっと破ると、中から同じ水色で、さらに花柄がついているきれいな便箋が現われた。そこには数行の短い文章が書かれているだけだった。

シュウナン様

こんにちは！

ぼくたちは同じ空の下で生活し、同じ建物で勉強しています。ぼくはあなたをいつも見ていますが、話をしたことは、一度もありません。

ぼくはあなたの真実の友になりたいと思っています。共に純粋な友情を分かち合えますように！

あなたの友となりたい者より

シュウナンは手紙を三回読んだ。そして名残惜しそうに手紙を折りたたんだ時、もともとの折り目と違っていることに気づくと、もう一度開いてたたみ直し、封筒に収め、切り口を撫でた。さっきナイフを使って切っていたら、もっときれいだったのに。

いったい誰だろう。シュウナンが顔を上げると、真っ青な空が目に入った。小鳥たちが、エンジュの木のこずえを飛びまわり、楽しそうに鳴いていた。

シュウナンは手紙をカバンのポケットにきちんと入れると、急いで教室に向かった。ライ・シャオジュに追いついて、いったい誰がこの手紙を預けたのか、もっと聞いてみたかった。

教室に着くと、シャオジュはすでに姿を消していた。

シュウナンは返事を書こうと考えたが、しなかった。だいいち、手紙を書いた人が誰だかわからないのに返事を書くのは、あまりにもばかばかしいではないか。

このひと月に、ライ・シャオジュはあわせて三通の手紙をシュウナンに持って来た。けれども、送り主の男子については固く口を閉ざし、ほんの少しも漏らしてくれない。

シュウナンは以前に読んだ「ナントカのバラ」という物語を思い出した。

ひとりの若い軍人が、会ったことのない女性と手紙のやり取りを重ね、親しくなった。やがて戦争が終わり、ついに待ちに待った対面の日がやって来た。その女性は待ち合わせの時間と場所、そして胸に赤いバラを挿していることを手紙で伝えた。軍人は約束通りにやってきたが、長い間待ち焦がれた赤いバラを胸に挿していたのは、背の曲がった醜い女だった。軍人は内心ひどくがっかりしたが、少しためらった後、決心したようにその女性のもとに歩み出た。彼女は軍人に告げた。

「わたしは代わりを頼まれてここに来たのです。その人は大通りの向こうで待っていますよ」

軍人が顔を向けると、そこでは若く美しい女性がじっとこちらを見つめていた……

手紙を受け取るたび、シュウナンはついついこの心温まる話を想像するのだった。

シュウナンは一度も返事を書かなかったが、この手紙のことを考えると、心の中にしっとりとして温かな、そしてかすかな恥じらいを帯びた、それでいてちょっと刺激的な感情が生まれるのを感じた。素敵な秘密を隠しているのは、本当に幸せだった。

そしてまさか、このささやかな、生まれかけの秘密が両親に見つかってしまうとは夢にも思っていなかった。

「この手紙は誰かにもらったものでしょ？　天から降ってきたわけではあるまいし」

シュウナンは黙っていた。絶対にライ・シャオジュを裏切るわけにはいかない。そして、二人がシャオジュをつかまえ、さらにその男子のことを探り出したら、余計にまずいことになるな、とぼんやり思った。シュウナンはどんな人であれ、他人を傷つけたくはなかった。

「心配しないで！　わたしは一度も手紙を書いていないの、保証する……」

シュウナンはまた泣き出した。

「シュウナン、本当のことを言いなさい。わたしたちがおまえを信じていないわけじゃない。何も話してくれないおまえがいけない」父さんが重々しく言った。

自分の部屋に戻ると、使っていたマットレスが壁際に立てかけてあり、ベッドには新品が置いてあった。シュウナンはちょっと安心した。父さん母さんは自分の部屋を「捜索」してあの手紙を見つけたのではなく、「たまたま」見つけたのだ。

「ちゃんとした答えを待っているわよ」母さんがドアの外で言っていた。

3　スズメ

次の日、シュウナンは早めに登校した。授業が始まる前に、あの男子が誰なのかライ・シャオジュにちゃんと聞こうと思っていた。両親の「捜査」に応えるためというよりは、自分の中に生まれた、相手を知りたいという強い願いのために。

シュウナンは教室の入口をじっと見つめ、シャオジュが来るのを今か今かと待っていた。秘密の話を聞いてくれるのはシャオジュだけだから。

誰かがシュウナンの肩をたたいた。「おい、早く通知書を出せよ!」

シュウナンはようやく我に返った。

学級委員長のホウ・ダーミンが歯をむき出して大声で言った。「何をボーっとしてるんだよ、早く出せよ、あとはおまえだけだぞ」

シュウナンはあっと思いだした。昨日先生に渡された模試の成績通知書に、保護者のサインをもらうのを忘れていた。

「あ、サインもらっていない!」

「親に隠したんだろ?」ホウ・ダーミンは同情もしないで、意地悪く言った。

「隠したりするもんですか、ただ忘れただけ」シュウナンはむっとして言った。

「忘れてただだって！　みんな忘れなかったのにな。カンタンな事さ、先生が昨日言ってたろ、忘れた人はすぐ家に取りに行って、サインをもらって戻って来なさいって」

ダーミンはしつこく付きまとう。

別の誰かがシュウナンの後ろから身を乗り出してホウ・ダーミンに言った。

「ホウ・ダーミン、おれが校門を入るとき、知らないおじさんがおまえを探してたぞ。親父さんの会社の人だってさ」

「どこだ？」

「校門のとこだ」

ホウ・ダーミンはすっとんで行った。

そのクラスメートはシュウナンに言った。「はやく通知書を出せよ！」

「何するの？」

「おれが代わりにサインしてやる」

この男子はシー・ゴンという名前で、ずるがしこそうと言われることもある、いつも笑っている小さな目が印象的だ。

「大丈夫?」

シュウナンは疑わしそうに通知書をカバンから取り出した。

シー・ゴンはそれを奪い取ると、左手で隠しながら、右手を勢いよく走らせ、「楚亦《チュイー》然《ラン》」という三文字を書き上げた。

シュウナンは、そのサインが父さんのとあまりにも似ていたので、あっけにとられてしまった。

「なんでうちの父さんの名前を知ってるの」

「当然だろ、チュ・イーラン、男、四十五歳、華大物理系准教授!」

シュウナンはにこにこ笑っているシーゴンを不思議そうに見た。こういうことは、彼にとってまったくなんでもない。腕前の点ではもちろん、道徳や品性の点でも問題を感じておらず、ただ「お手のもの」なだけだった。

チャイムが鳴った。

ホウ・ダーミンが息を切らして戻ってきた。「誰もいなかったぞ!」

シー・ゴンはこともなげに言う。「さっさと帰っちゃったんだろ」

「おまえ、だましたな！」

「そんなふうに言うなら、これからは誰かがおまえを探しに来たって教えてやらないからな」

ホウ・ダーミンはそれでも、シュウナンの成績通知書のことは忘れていなかった。

「どうした？　自分で先生に言いに行くか」と手を差し出しながら言った。

シュウナンがためらっていると、シー・ゴンがシュウナンの成績通知書をダーミンに渡し、シュウナンに向かって言った。

「もうダーミンをからかうのはやめとけ、あいつはまったくシャレが通じねえ……」

ホウ・ダーミンは通知書のサインをちらりと見ると、さっさと行ってしまった。

今回の模試は、点数を平均すると、シュウナンがクラスのビリから三番目、二番目はライ・シャオジュ、ビリはシー・ゴンだった。

シー・ゴンはビリだとはいえ、とても気楽にふるまっていた。シュウナンや、ライ・シャオジュとは違って、試験ができなくてもがっかりなどせず、いつも快活で楽しそうだ。その様子にもわざとらしさはなく、「足るを知れば常に楽し」とか「上を求めず」といった精神がそのまま内面からあふれ出ているようだった。シー・ゴンに言わせれば、「クラスで誰かがビリにならなきゃならないけど、誰だってなりたくない。お釈迦さまもこう言っただろ、『われ地獄に入らざれば、誰か地獄に入らん』[1]。おれはみんなのためにやっているんだ」。つまり、シー・ゴンはみんなのために、クラスのビリを引き受けているというのだ。

シー・ゴンは成績こそクラスのビリだったが、字を書くことにかけてはずば抜けていた。シー・ゴンの字は生徒たちはもちろん、先生たちも驚くほどの達筆だ。ふだん使っている宋朝体のほか、楷書・草書・隷書・篆書の四種の字体をすべて自在に書くことができた。それだけではなく、模写は最も得意で、どんな人のサインも、見ればそっくりそのとおりに書けた。

シー・ゴンは字が上手なおかげで、クラスの中での立ち位置も、ほかの成績が悪い子たちと一緒にされることはなかった。素晴らしい成果を出したスポーツ選手たちが、小学生並みの教養レベルだとしても普通にメダルや花束をもらい、引退後は大学に進めるのと同じだ。

……シュウナンはここまで考えると、思わずため息をついた。クラスで一番哀れなのはわたしとライ・シャオジュだ。シー・ゴンは勉強こそビリだが、そこに居場所を感じていて、そのうえ字がものすごく上手ときている。けれどわたしたちは、必死で努力して、この成績だ。

ライ・シャオジュは午前中、学校に来なかった。

シュウナンは隣の誰もいない席を見ながら、その引出しをあけたが、中は空っぽだった。シャオジュは病気なのだろうか。もしかしたら、またお父さんにぶたれたのかもしれない。前に一度、シャオジュは父さんが怖いあまり、つい「ウソの報告」をして、その結果、さらに重い罰を受けたことがある。成績が悪かったうえに「ウソつき」の罪が加わったのだから、当然罰は二倍というわけだ。

その時、シャオジュはぶたれたあとで、シュウナンに「わたし、辛い……」と言った。シュウナンはぎくりとして、思わずシャオジュの手を握った。慰めの言葉は出てこなかったが、ただ、その手がすごく冷たかったことだけは覚えている。

もしかして、何かあったのかも。

ふと、シュウナンは今すぐにシャオジュの家に行きたい、という強い思いに取りつかれた。

顔を上げると、先生はちょうど黒板に物理の試験問題の解説を書いているところだ。みんなは全力で集中して聞いていて、誰も、ライ・シャオジュがここにいないことなんか気にかけていない。

そのとき、スズメが一羽、開いている窓から飛び込んできた。みんなが一斉に声を上げた。

「鳥だ！」

スズメは自分が間違った方向に飛んできてしまったことに気づいたのか、教室の白い天井に向かって、あわてたように飛び回った。それが太陽の方向だと思ったのかもしれない……

黒板の文字よりも、スズメの方がさらにみんなの目を引いた。先生までが頭を起こし、スズメが飛び回る方向に目を向けた。

何人かの男子が、教壇に駆け寄って、黙認する先生の目の前でホウキをつかむと、机の上に登り、天井近くにいるスズメを取り囲んでつかまえようとした。

最後にこの捕り物に加わったホウ・ダーミンが、いちばん興奮していた。

誰かが大声で叫んだ。「窓を閉めろ！窓を閉めろ！」

スズメは自分が危険な状況にあることに気づいていて、教室の中をめちゃくちゃに飛んだ。羽根が天井や壁にぶつかるたびにバタバタという音がして、騒ぎをさらに刺激した。

ふと、シュウナンは思った。このスズメはどうして鳴かないんだろう。人間は命の危険から逃れようとする時、必ず「助けて」とか「誰か！」と叫ぶではないか。スズメだって話せなくとも、チュンチュンと鳴くことはできるはずだ。なのに、どうして？

教室は大騒ぎになり、ホウキを担いだ男子たちは、机の上をまるで床の上みたいに飛び回っていた。シュウナンは、もし人間に翼があったら、きっとトンビのようにスズメを襲うんだろうなと思った。幸い、トンビは人間のようにたくさんいるわけではない。そうでなければ、世界中のスズメ、いや小鳥たちはとっくに全滅してしまっているだろう……

スズメは急にライ・シャオジュの机に下りてきた。もうだめだという様子で、飛びも跳ねもせず、全身の羽毛をブルブルふるわせながら、つぶらな目でじっとシュウナンを見つめた。

そのスズメは真っ赤なくちばしをしていた。

シュウナンは愕然とした。身の毛もよだつような感覚が全身を走り、その一瞬、ライ・シャオジュがスズメに転生したのではないかという気がした。

思わず、シュウナンは震える右手を差しだし、ピクリとも動かないスズメを、手のひらに包み込んだ。

「わあ!」

クラス中があっけにとられた。こんな結末は誰も予想していなかった。結局のところ、みんなにとっては、誰がスズメをつかまえたかということは大した問題ではなく、まして、スズメが誰のものかということは、さらにどうでもよかった。肝心なのは授業のさなかにゲームが始まり、しかも意外な結果に終わったことだ——本来、スズメは生き延びようと必死で抵抗するはずなのに、なんと、自分から敵の手に入って行ったのだから。

いままで一番大はしゃぎしていたホウ・ダーミンが言った。

「シュウナン、早くそいつを放してやれよ!——『鳥類を大切にすることは、人類自身を大切にすることなのです』」

ついさっきホウキを振りまわして、スズメを恐怖のあまり発狂させそうになったことは、ケロッと忘れていた。

クラス中が大笑いした。

恐怖でこわばっていたスズメの身体からは力が抜け、震えも止まっていた。

一人の男子がシュウナンに言った。

「シュウナン、もし俺たちに追いかけられて疲れていなかったら、こいつはおまえなんかにつかまりっこなかったんだぜ」

シュウナンはずっとライ・シャオジュのことを考えていたので、何も耳に入らなかった。

大昔の伝説で、精衛という女の子が海でおぼれた後、鳥に転生した(2)んじゃなかったっけ？　梁山泊と祝英台は二人ともきれいな蝶になった(3)んだよね。考えれば考えるほど、シュウナンの目に涙がにじんでいく。

シュウナンはスズメを見つめながら、くちばしのそばでそっとささやいた。「もしあんたがライ・シャオジュだったら、三回うなずいて。わかった？」

スズメの恐怖は薄らいできたようだった。シュウナンは手のひらで包んだスズメが動き、そしてここから逃げたいと思っていると感じた。スズメは一度首をひねると、また元のほうを向いた。

シュウナンはほっと息をついた。

後ろからシー・ゴンの声がした。

「シュウナン、先生が呼んでるぞ」

シュウナンは急いで顔を上げた。先生がにっこり笑いながらシュウナンを見ていた。

「シュウナン、スズメを放してあげなさい。そのままで授業を受けるわけにはいかないでしょう」

クラス中が注目する中、シュウナンは窓辺に行き、ゆっくりと手のひらを開いた。スズメはこんなにすぐ解放されるとは思わなかったのか、手の上でじっとしていた。そして突然振り返り、シュウナンを見て一度うなずくと、一気に翼を広げて飛んで行った。

シュウナンはそのつぶらな目と真っ赤なくちばしだけを覚えていた。

席に戻ると、シュウナンはスズメが消えて行った青い空をぼうっと眺め続けた。あの子がもし、本当にライ・シャオジュの転生だったとしたら、どうして一度しかうなずかなかったんだろう。もしシャオジュがスズメになってしまったら、あの手紙の秘密を教えてくれる人は永遠にいなくなってしまう。男子を探し当てることはもうできなくなるのだ。

かわいそうなライ・シャオジュ、いったい何があったのだろう。

昼休みに、シュウナンは外に出てシャオジュの家に電話をかけてみた。電話は長い間鳴り続けたが、誰も出なかった。

昼食のあと、(4)シュウナンはわざと早めに家を出て遠回りして、シャオジュの家に行ってみた。家のドアには鍵がかかっていて、いくらノックしても反応がなかった。シュウナンはシャオジュの家の階段を下りるとき、綿の上を歩くみたいに、足元がふわふわしていた。

(1) 実際には唐代の禅僧・趙州従諗の言葉として伝えられている。
(2)「精衛、海を埋める」という中国の神話。
(3)「梁山伯と祝英台」という二人の若者の悲恋の物語。中国の有名な民間伝説の一つ。
(4) 多くの子どもたちは昼休みに一度帰宅して食事をする。

4　手紙の主

教室に入ると、席にいるライ・シャオジュの姿が、シュウナンの目に飛び込んできた。

シュウナンは思わず涙ぐんだ。長い間離れ離れになっていた家族にめぐり会ったときのように、シャオジュに駆け寄ると肩に手をかけた。「どこに行ってたの？　あっちこっち探したんだよ」

シャオジュは泣き腫らした赤い目をしていて、シュウナンのような感激はないようだった。シュウナンを見たとき、シャオジュの目に一瞬うれしそうな表情が浮かび、あいさつするようにちょっと手を上げたけれど、あとは黙ったまま、ぼんやりとしている。

シュウナンはシャオジュの隣に座った。「どうしたの？　具合が悪いの？」

ライ・シャオジュはうなずいて、話す気力もなさそうにのどを指さし、しゃがれた声でささやいた。「風邪をひいて、声が出ないの……」

シュウナンが手に触ってみると、ものすごく熱い。「まだ熱があるじゃない！」

二人の後ろからすっと手が伸びてきた。ピンク色の薬のようなものを一粒指でつまんでいる。シー・ゴンだった。

「ライ・シャオジュ、これをなめろ」

シャオジュはうなずいて、そのトローチを口の中に放り込んだ。

シー・ゴンがいるところではいつもテレビの「お笑い三人組」みたいに、心が温まることが起きるな、とシャオジュは思った。

ライ・シャオジュが急にシュウナンの耳元でささやいた。

「わたし、午前中ずっと熱でふらふらしていたの、三十九度も……小鳥になった夢を見たわ……教室に飛んで行って……みんながわたしをつかまえようとしたの……ホウ・ダーミンが一番恐ろしかった……最後にシュウナンが助けてくれた……すごくはっきり覚えているの、まるで本当のことみたいに」

シュウナンはぶるっと激しく身震いした。身の毛がよだち、ゾクゾクした感じが全身をかけめぐった。目をお皿のようにして、ライ・シャオジュの赤い顔を見つめたが、どこにもあのスズメの面影はなかった。

「どうしたの？　そんなにじろじろ見て？」

シャオジュの声は、壁のすき間から聞こえてくるようだ。

シュウナンは何も言えず、ただ手が汗握るのを感じていた。

国語の先生が教室に入って来て、黒板に『石壕吏』[1]の三文字を大きく勢いよく書いた。「皆さん、五分間でこの詩を暗記してください。うまくできないときは、すぐ教科書を見るように」

先生が話し終わらないうちに、教室中からぶつぶつと音読をする声が聞こえてきた。

「暮に石壕の邨に投ず、吏有り夜に人を捉える。老翁墻をこえて走り、老婦座りて哭く……」[2]

みんなが笑い出した。四つめの句は、意味はわかるが、原文にそうは書いていない。

先生が机を強くたたいて注意した。「今がどんなときかわかっているんですか？　ふざけている時間はありませんよ！」

教室はすっかり静かになった。音読の声は小さくなったが、みんなとても真剣になり、たびたび本をめくる生徒もいる。

教室のドアが開き、担任の先生が入って来て、国語の先生になにかささやいた。国語の先生は、はい、とうなずいている。

担任の先生は、シュウナンを見て、こちらへ来なさいと手で合図した。

シュウナンは担任の先生について、職員室へ行った。

担任の先生は、リュウ先生という女の先生だ。もう中年だがとてもハツラツとしている。リュウ先生は、働く女性の多くがそうであるように、身なりはシンプルで上品だ。そして、クラスを担任している他の先生たちと同じように、その目には聡明さと責任感と熟練が感じられた。

シュウナンは恐々とリュウ先生の前に立っていた。

リュウ先生は、向かい側にある椅子を指して座りなさい、と優しく言った。

「国語の授業では何をやっていたの?」

「『石壕吏』を暗記していました」

「模試の成績があまり良くなかったのね?」

「はい」シュウナンはうなずいた。

「何が原因か考えましたか?」

「いまやっているところです……」

リュウ先生はできるだけ大声を出さないように、相談するような口調で言った。

「シュウナン、今日は心の中にあることを自由におしゃべりしましょうよ。悩みを先生に話してみて。ほら、入試がもうすぐでしょう、一緒に原因を探して、大きく羽ばたけるように、ね。」

シュウナンはうなずいた。

「なにか問題があるの？」

「問題は何もないし、わたしもがんばっているのですけど、どうしていつも成績が悪いんでしょうか……」

「大事なのは集中することですよ。集中しさえすれば、勉強の効率が上がって、半分の努力で倍の成果が出せるようになるわ」

シュウナンはまたうなずいた。

「最近、勉強の妨げになるようなことがあるの？」リュウ先生は優しくシュウナンの目を見た。

シュウナンはうつむいた。そしてふと、両親がリュウ先生のところに来て、あの三通の手紙の話をしたのだと思い当たった。

「あるの？」先生がまた聞いた。

シュウナンは黙っていた。

「先生に本当のことを言って、絶対にあなたを責めたりしないから」

先生は何もかも知っていること。これ以上隠していても何の意味もない。

「母が先生のところに行ったんでしょうか？」

リュウ先生はうなずいた。

シュウナンは唇をぎゅっと噛んだ。母さんのことも、先生のことも恨んではいない。みんな自分を気にかけてくれているからこそだ、とはわかっている。ただ、自分の運の悪さが恨めしく、そして心の中でそっと、ライ・シャオジュを恨んだ。シャオジュが「メッセンジャー」にならなかったらよかったのに。

シュウナンは言った。

「先生は全部知っているんですか。ある男子がわたしに手紙を三通くれて……」

「その男子が誰だか、先生に教えてくれる？」

「わからないんです」

「教えてちょうだい。あなたの秘密は守るって約束するから」

リュウ先生は心からそう言ってくれた。

でも、シュウナンは黙っていた。

「信じてくれるでしょう?」リュウ先生の目には思いやりがあふれている。

「信じてます」

「なら、どうして話してくれないの」

「わたし、本当に知らないんです!」シュウナンはわっと泣き出した。

「だったら、その手紙はどうしてあなたのところにあるの? 切手は貼っていないの?」

リュウ先生と母さんはどちらも、あいまいな返事を許してはくれない。

もし、シュウナンが本当のことを話せば、ライ・シャオジュのしたこともわかってしまう。メッセンジャーを果たしたシャオジュは、きっと先生に大目玉を食らうだろう。今だって十分かわいそうなライ・シャオジュは、それこそ間違いなく、『泣き面に蜂』だ。シュウナンはひたすら「知りません」と言い続けるしかなかった。そして、それは先生と両親に「わたしは絶対に言いません!」と宣言することでもあった。

シュウナンはうつむいたまま、沈痛な面持ちで黙り続けた。

リュウ先生は言った。

「わかりました。いったん授業に戻って、よくよく考えてからもう一度いらっしゃい、いいわね」

シュウナンが職員室を出たとき、一時限目はもう終わっていた。シュウナンは時計を見た。リュウ先生とほんのちょっと話しただけなのに、なんと三十分もの時間を費やしていた。

二時限目が始まるとライ・シャオジュは、リュウ先生と何があったのかと何度も聞いてきた。シュウナンは唇をぎゅっと閉じて沈黙を続けた。

先生の話はシュウナンの耳にまったく入らなかった。シュウナンは何度もシャオジュにメモを書いて渡そうとしたが、先生に見つかるのが怖くてできなかった。そしていたたまれない思いで二時限目をやり過ごした。

チャイムが鳴ると、シュウナンはライ・シャオジュの手をぎゅっとつかんで言った。

「すごく大事な話があるの」

校舎の裏には緑地があった。そこには教室一つ分ぐらいの広さの楕円形の松の生け垣ができており、その生垣の自然な曲線にそって十数個の石のベンチが置いてあった。朝になると自習をする生徒たちがそこで国語や英語の教科書を朗読していた。図書館を除けば、この学校の生徒たちが一番お気に入りの自習場所だ。

第何回の卒業生だったか、一人の優秀な女子生徒が、卒業する時の作文に、この緑地とまわりの風景を「美しく溶け合って、一度にすべてを味わうことはできない」と書き、この場所に限りない愛着をこめて「緑の帆船」と呼んだ。

「緑の帆船の風景はたそがれ時が最も美しい。日の名残りが照り映えるこのとき、初めてこのような美しい船の存在を見出すことができる。高く生い茂る美しいバイカウツギは銀色の帆となり、その香りは緑のそよ風と共に漂ってくる。緑の帆船は本当に動き出そうとするかのようだ……」

風景は、実際に見るよりは聞いているだけの方が美しいものだ。この美しい散文は学校の図書館に掲示されているけれど、この文章に描かれた美を本当に理解できる生徒は、ほとんどいないだろう。

今、シュウナンとライ・シャオジュはこの「緑の帆船」の後ろの「船べり」にある、冷たい石のベンチに腰かけていた。

まわりには誰もおらず、音もしない。風さえ吹いていない。

シュウナンはこの二日間に起きたことを、ひとつ残らずライ・シャオジュに話した。

シュウナンが話せば話すほど、シャオジュの表情は固くなっていった。シュウナンの話が全部終わる前に、シャオジュはもう待ちきれないという様子で言った。

「わたしが手紙を渡したって言ったの?」

「ううん……」

シャオジュは、ほっとため息をついた。「絶対に言わないで!」

「じゃ、わたしはどうすればいいの? あの手紙がどこから来たのか、きっと母さんや先生に白状させられるわ」

「ドアに挟んであったって言えば」

「まさか! そんなの誰が信じると思う?」

「そうだ、郵便受けに入っていたのを見つけたっていうのは?」

ライ・シャオジュはうまいウソを思いついた、とうれしそうだ。

「わたしのうち、郵便受けはない……」

シャオジュは黙ってしまった。

「その男子っていったい誰なの？　うちの学年の子？」

シャオジュは、それでも何も言わない。

「何とか言ってよ。ほんとに、誰なの？」「じゃ、その子のことは、あなたも人に言えないのね！」「ほかの人には絶対話さないわ、でもわたしはその子が誰か知る必要があるの！」

シュウナンの目には話し合いの余地はないという厳しさがあった。

ライ・シャオジュは、苦しい選択を迫られた、という様子で、じっと空を見つめている。

「わたしに教えてくれないなら、あの手紙はライ・シャオジュにもらいました、って先生に言うしかないわ」

ライ・シャオジュが突然シュウナンの手をつかんだ。

「話したら怒る？」

シュウナンは首を横に振った。

「先生に言う？」

「言わない」

「シュウナン、ほんとはそんな男子はいないの！　あの三通の手紙は全部わたしが書いたのよ」

シュウナンはあっけにとられ、今の話が聞き取れなかったかのように言った。

「あの手紙を、書いたって？」

「うん。わたしが書いた」

「なんでそんなことをしたの？」シュウナンは叫びそうになった。

「ただ、冗談のつもりだったの」

「こういうことを、よくも冗談にできるわね！」

「ごめんなさい、絶対に怒らないで……」ライ・シャオジュは本当にすまなそうに言った。

「今言ったことは全部本当？」シュウナンが確かめた。

「本当よ」

「そんな男子は、実はいなかったのね？」

「いないわ」シャオジュは請け合った。

「ありがたいことにね、だから大ごとにならなくてすんだ。もし本当にいたら、先生がしつこく聞いてきて面倒なことになっているわ。今はこうやって笑い話にできるけど……でも、先生はこのオチを知っても許してはくれないわね、少なくとも、こんなくだらないことをしたんだから……シュウナン、どうして黙っているの?」

こうしてひとしきり自画自賛したあと、ライ・シャオジュはようやくシュウナンがぼうっとしたまま、自分の話をまったく聞いていなかったことに気づいた。シュウナンはすっかり泣きべそ顔になっている。

シュウナンの心はやり場のない悲しみでいっぱいになっていた。なぜなのかは自分にもよくわからない。両親や先生に男子のことを問い詰められたときは、恐ろしく、後悔し、こんなことが二度と起こらないようにと思った。けれど、「その男子」が突然心の中から消えてしまったとき、シュウナンのなかに、何とも言えない悲しい気持ちが芽生えた。

ライ・シャオジュは両手でシュウナンの肩をゆすぶって言った。

「シュウナン、どうしたのよ! 何か言ってよ!」

シュウナンは黙ったまま、体じゅうの力が抜けてしまったようになっていた。

ライ・シャオジュは肩をゆすり続けた。「ねえ、おどかさないで、何か言って！」

シュウナンは鼻がつんとなって、しくしくと泣きはじめた。

松の生け垣に沿って、誰かが走って来たようだ。秋の落ち葉の上を歩くような、カサコソとした音が聞こえてきた。

足音は二人の目の前で止まった。

「こんにちは！」

シュウナンとライ・シャオジュが一度に顔を上げたとき、目の前がパッと明るくなったように感じた。一人の男子生徒が二メートルほど前に立っている。体つきや雰囲気から見て、恐らく高校二年か三年生ぐらいだろう。けれど、この学校では見かけない顔だ。

その男子は一メートル七五センチぐらいの身長で、白いTシャツとグレーのウォッシュドジーンズをはいていた。色白な顔はいかにも優等生らしく、長めの髪が広い額にかかっている。とてもハンサムで、動作もおっとりしているけれど、気恥ずかしさは隠しきれない様子だ。

「こんにちは」二人とも礼儀正しく、おじぎをした。

「何の話をしているの?」男子は聞いた。

シュウナンとシャオジュは目配せをした。余計なお世話だと思った。

シャオジュはからかうように答えた。

「気にかけてくださり、ありがとうございます。おしゃべりをしているところです」

「何かお役に立てますか?」

「おかまいなく」

男子は立ち去るそぶりをまったく見せず、にっこり笑いながらシュウナンに向けて「どうして泣いてるの?」と聞いた。

シュウナンが驚いて男子を見つめると、彼は少し視線をそらした。この質問は、ほかの人がしたのなら間違いなくお節介なのに、シュウナンは目の前の男子にまったく反感を持たなかった。ライ・シャオジュが手を振って言った。

「あなたには関係ありません」

男子はまだほほ笑んだままだ。

「どうしてぼくと関係ないの?」

シュウナンとシャオジュはあっけにとられてしまった。男子は太陽を背にして立っており、その輪郭に柔らかなまばゆい金色の光がさしていた。

男子はシュウナンを指さして言った。

「あなたが受け取った三通の手紙は、全部ぼくが書いたものなんです……」

（1）杜甫が洛陽西の石壕という村での見聞を詠んだ詩。

（2）正しくは、「老婦出門看（老婦門を出でて看る）」。

5　ビエン・ユー

ライ・シャオジュは男子の顔を見た。どうやら平気でウソをつく不良たちとは違うタイプのようだ。話をするとき、一大決心をして、国民に対して重大発表をする、とでもいうような、とてもまじめな様子をしていた。

その瞬間、シャオジュは本当に、自分がこの男子から手紙を受け取り、シュウナンに渡したのだ、と思いそうになった。しかし、冷静に考えてみると、そんなはずはない。この男子から手紙を受け取ったことがないのはもちろん、今まで会ったことさえないのだ。あの手紙だって、シャオジュが一字一句書いた上に、シュウナンに自分の筆跡がばれないよう、わざわざ隣りの家のお姉さんに清書してもらったものだ。

何よりシャオジュが疑問に思ったのは、この男子がどうしてあの三通の手紙のことを知っていたかということだ。いろいろ考えたが、今さっき二人で話をしていたときに、松の木の後ろで盗み聞きしていた、以外にはありえない。

ライ・シャオジュは、軽蔑するような態度で言った。

「三通の手紙って何のことかしら。わたしたち、あなたが何を言っているのかまったたくわからないわ」

男子はシャオジュと言い合う気は少しもないらしく、ほほ笑んだまま、とてもまじめな様子で言った。

「じゃ、手紙の内容をここで言ってみましょうか」

ライ・シャオジュは怒り出した。

「本当に迷惑な人ですね！　言いたかったらどこでも好きなところで言えばいいでしょう、わたしたちは聞きたくありません！」

男子は、まるで人前で演技する前の照れ隠しのように、少し下を向いて咳払いをしてから、低く、けれどもとてもはっきりとした声で、あの手紙の内容をすらすらと述べた。

シュウナンとシャオジュはびっくりぎょうてんした。たったの一字も違っていなかったからだ。

シュウナンは無言で、とがめるような目でシャオジュを見た。シュウナンは、シャオジュがこの男子をかばうために、わざと全責任を自分でかぶろうとしたのだと思ったのだった。このとき、シュウナンの悲しみや憂鬱は消え去り、その代わりになんともいえない驚きと不安がわいてきた。

ライ・シャオジュは驚きのあまりしばらくものが言えなかったが、かなりたってから、突然大きな声で言った。「それをどうやって知ったの？」

「自分で書いたものを、知らないわけがないでしょう」

「あり得ない！　あり得ない！」

シャオジュは石のベンチから飛び下りた。

いくら考えてもわからなかった。どうしてこういうことになったのだろう。自分が秘密を漏らしたか、あるいはシュウナンが漏らしたのか？　しかし、いずれにしても、まったく会ったこともない男子が、いったい何のために、そもそも存在しない主人公になりすまして、ここでわけのわからないお芝居をしているのだろう。

まさか、何かの陰謀ではないだろうか。ライ・シャオジュは、どう考えても答えは出ないと思い、悩みに悩み、頭がおかしくなりそうだった。

シュウナンは小声でシャオジュに聞いた。

「これ、本当なの？」

シャオジュは顔を真っ赤にして言った。

「こんなことあるわけないわ！　わたしはこの人を全然知らないのよ！」

シュウナンはあちらを見、こちらを見たが、どちらがウソをついているか見当もつかない。

その男子はゆっくりと話した。「驚かなくていいよ。ぼくはただ、責任を取りに来ただけなんだ。ぼくが先生のところに行って、今度のことはあなたたちに何の落ち度もないのだって、ちゃんと説明するよ」彼はほほ笑むのをやめ、真剣な顔で言った。

「安心して」

言い終わると、男子はくるりと振り返って駆け出した。彼が「緑の帆船」の「右前舷側」まで行ったとき、シュウナンは思わず叫んだ。「ちょっと待って！」

男子はこちらを向いて、兄さんぶった目線でシュウナンを見た。

「どこ、の、がっこう、に、行ってるの？」シュウナンはどもりながら尋ねた。

「華大付属、高等部二年六組、名前はビエン・ユー」

男子が校舎の角を曲がって姿を消すまで見送ると、シュウナンはライ・シャオジュに言った。

「本当のことを話してほしかったのに！」

シャオジュは大声で言った。

「わたしがさっき言ったのは全部本当のことよ。どうして突然あんな人が出てきたのか、わたしにもわからない。シュウナンはあの人のことをそんなに信じる？」

シュウナンはううん、と首を振って言った。

「一体どういうことなの？　わたしはあんたたち二人が知り合いだと思ってた」

「本当にひどいぬれぎぬだわ！　シュウナン、あの人を先生のところに行かせないようにしなくちゃ。話が余計ややこしくなるわ」

「でも先生のところに行ってどう話すの？　ライ・シャオジュがわたしに手紙を渡しましたって言う？」

シャオジュは黙ってしまった。

シュウナンは言った。

「あの人、正義の味方かな」

「あんな正義の味方ってある？　会ったことさえないのに、おかしすぎるよ……」

みるみるうちに夕日がオレンジ色になり、しばらくすると、また深い赤色に変わった。「緑の帆船」も黄金色に染まり、夢のようにおぼろにかすんでいく。

ライ・シャオジュはシュウナンに聞いた。

「名前は何だって?」

「ビエン・ユー、華大付属だって……」

「明日、一緒に探しに行こう。ちゃんと聞いてはっきりさせなくちゃ。」


シュウナンは、母さんに起こされて目を覚ました。復習をしていたのに、机でうたた寝をしてしまっていた。寝ぼけまなこで時計を見ると、十二時だ。母さんはシュウナンの頭を優しくなでながら言った。

「もう遅いから、早く寝なさい」

シュウナンが洗面所で顔を洗っていると、母さんがまた来た。

「ちょっと母さんの部屋に来なさい、話があるから」

シュウナンは驚きのあまり眠気が吹っ飛んでしまった。今度は何が起こったというのだろう。

机の上には、あの手紙が並べられ、母さんが質問への答えを待っている。母さんはシュウナンがきちんと答えない限り、そう簡単には許してくれない。シュウナンはひどく混乱していて、今日学校であったことをどう説明したらよいかわからなかった。

しかし、母さんは、笑顔の中に気まり悪そうな様子をうかがわせながら、話し始めた。

「さっき、担任の先生から電話があったの。今日の午後、男の子が学校に来て、シュウナンに手紙を書いたのは自分だって名乗ったのですって」

言い終わると母さんは探るような目でシュウナンを見た。

きっと、あの男子だ。シュウナンは、彼がリュウ先生に会ったのは、自分たちと話をする前だったのだろうか、それとも後だったろうかと考えた。

母さんは続けた。

「その子は、シュウナンから一度も返事をもらっていないばかりか、一度も会ったこともないと言ったそうよ。手紙は、どれも業間体操の時間に(1)、こっそりあなたの机に入れていたんですって……」

シュウナンは驚いた。この見えすいた「作り話」は単純ではあるが、シュウナンもライ・シャオジュも今まで思いつかなかったものだった。

「その男子って誰？」

シュウナンは聞いた。

母さんは眉間にちょっとしわを寄せ、首を振って言った。

「リュウ先生は、うちの学校の生徒ではないとだけ、言っておられたわ。そして、二度とこんなことはしないって約束したそうよ。」

母さんはシュウナンの肩に手を置いた。

「シュウナン、母さんが悪かった」

シュウナンの目に涙があふれた。母さんがわかってくれたからか、あの男子が助けてくれたからかは、よくわからない。

母さんは続けた。

「でも、シュウナンも良くない点があったわ。こういう手紙を受け取ったら、自分だけで悩まないで、父さん母さんや先生に相談しなくてはだめよ。あなたは、まだこういうことに対処できる大人ではないの。それに、返事を書いても書かなくても、結局こういうことは勉強の妨げになるのよ。そうでしょ？」

シュウナンはこくんとうなずいた。

「本当は、この話は明日しようと思っていたけど、シュウナンがまだ気にしていると思って、今のうちに話すことにしたの。もう大丈夫、よくお休みなさい。あなたがやるべきことはたった一つ、成績を上げることなんだから」

そして寛大にも「これは自分で始末しなさい」と言って、例の三通の手紙をシュウナンに渡してくれた。

シュウナンはベッドに入っても、寝返りばかり打ってなかなか寝つけなかった。あの男子の姿が記憶にくっきり、鮮やかに浮かんできた。女の子に手紙を書くというのが良いことかどうかは別として、いったん問題になってしまったとき、彼が自分から事情を話し、きちんと気遣いをしてくれたことに、シュウナンは心底慰められていた。クラスのホウ・ダーミンみたいな男子だったら絶対こんなことはできない、きっとどこまでも逃げて行ってしまうだろう。ライ・シャオジュのことも考えた。シャオジュもすごいと思った。あの男子のような勇敢さはないけれど、最後まで彼の名前を漏らさず、目の前に本人が現われてからも、すっとぼけて知らないふりをしていたのだから。そうだ、あの男子の名前はなんだっけ……ビエン・ユーだ、「辺境」の辺と書いてビエン、「地域」の域と書いてユー。

次の日の朝、登校する時、シュウナンはライ・シャオジュに、昨夜母さんから聞いたことを話した。

シャオジュは驚いて言った。

「あの男子、本当に先生のところに行ったの？」

シュウナンはうなずいた。

「手紙をどうやって渡したって言ったの？」

「大丈夫、シャオジュのことは言っていなかったわ。業間体操に行っている間に、そっとわたしの机に入れたって言ったのよ」

シャオジュは独り言を言った。「まさか！　そんなことができるもんですか」

シュウナンは言った。

「あの人はきっと、シャオジュが先生に怒られるのではないかと思って、「全部自分でやりました」ってことにしたのよ」

「そういう意味じゃないの、このことと、あの人は本当に全然関係ないの。なのにどうしてこんなことするのかしら？　おかしいわよ、ぜったいにおかしい！」

シュウナンは、シャオジュが時々間抜けだなと思う。事態がここまではっきりしてきたのに、まだ「演技」をしているなんて、いっそかわいいぐらいだ。

シュウナンは心の中でそっと笑った。

シュウナンはライ・シャオジュを連れずに、一人で華大付属に行ってみることに決めた。でも、ちょっと怖かった。シャオジュと一緒に行けば、それなりに助かるはずだったから——彼女は勇気があるし、そうなれば、シャオジュも本当のことをしゃべるかもしれない。

（1）授業と授業の合間に行われる運動で、中国の学校では全員に必須の体育活動。

6 驚き

シュウナンは三通の手紙を手に、華大付属の構内に乗り込んだ。

一人で行く決心をしたのは、いつかライ・シャオジュがうっかり口を滑らせたら、厄介なことになると思ったからだ。けれども、なぜ華大付属に行く必要があるのか、実は自分でもはっきりわかっていなかった。あの男子にお詫びをしたいのか、それとも、この件のいきさつを聞きたいのか？　ただひとつはっきりしていたのは、この件とライ・シャオジュとの関係を確認したい、ということだった。事情はもうわかっているけれど、きちんと確かめれば気持ちが落ち着く。そしてついでに、あの手紙を返してしまおう。

シュウナンの通っている中学も、地区の重点校[1]ではあるけれど、華大付属のような全国重点校と比べると、かなり見劣りがした。付属の校舎は由緒正しそうで威厳があり、出入りする生徒の様子もみな、気品がある。遠くに見える、中央棟の一角にそびえ立つ半球型の天文観測台だけでも、大学のミニチュアのような雰囲気があった。

ちょうど、午後の第二時限が終わったところだった。シュウナンは、華大付属でも、自分たちの学校と同じく、生徒たちは当番をやったり、校庭で運動をしたりしていて、すぐ家に帰る人はごく少ないだろうと思っていた。

シュウナンは校舎に入ると、そこにいた女子生徒に、高等部二年六組の場所を聞いた。その生徒はとても親切に、シュウナンを階段まで連れて行き、上を指して四階で右に曲がるよう教えてくれた。

シュウナンは階段を上っているうち、心臓がドキドキしてきた。なんだか恐ろしい。自分がこんなに大胆だとは知らなかった！　いったいどういう風の吹き回しで、華大付属なんかに来てしまったんだろう。そのビエン・ユーという生徒に会って、いったい何を話すつもり？　もし、別の生徒もいたら、面倒なことにならないかしら？　ついさっき思いついたうまい口実が、今は全然ダメな気がする。一瞬、シュウナンはこの場から逃げ出してしまいたいという気持ちになった。

けれども、シュウナンの両足はお構いなしに、一段一段と階段を上り続けた。

四階への道のりは思いのほか早かった。シュウナンが右を向くと、なんと目の前の教室のドアに「高等部二年六組」の掲示があった。恐る恐る近づいてみると、ドアは少し開いていて、内側から生徒たちの笑い声が聞こえてきた。人数は多くはなく、どうやら掃除をしているようだった。入口の隙間から廊下に漏れてくる細い光が、ホコリのためにとてもくっきりとした一本の線になって見えた。

こんな情景は、どこの学校でも大体同じはずなのに、シュウナンにはまったく見知らぬものに思え、自分がはるか遠くの国か、別の世界に来てしまったような気がした。シュウナンはドアをたたくことも、押すこともできず、中から聞こえる声をぼんやりと聞きながら、たくさんいる生徒たちの声の中に、あのビエン・ユーの声も混ざっていますようにと願っていた。

突然ドアが開いた。一人の男子生徒がチョークを持って飛び出してきて、外にいたシュウナンを見て飛び上がらんばかりに驚いた。シュウナンも同じだった。チョークがシュウナンの後ろの壁に当たって落ち、ドア全開になった教室の中にはチョークを持った男子生徒が数人立っていた。先に飛び出してきた男子を「追撃」していたらしい。

その男子は大急ぎで「ストップ」の合図をした。

「静かに！　お客さんだ！」

チョークを持った男子たちは動きを止めると、わんぱくな表情を引っ込め、礼儀正しい少年になって、自分たちの「持ち場」に戻って行った。

「持ち場」というのは、完成間近な「黒板新聞」で、彼らはちょうど仕上げの最中だったようだ。

「追撃」されていた男子は、礼儀正しくシュウナンに尋ねた。

「誰をお探しですか？」

「ビエン・ユーさんは……」シュウナンが言った。

「ビエン・ユー？」

その男子はちょっと考えてから、まわりの生徒に真顔で聞いた。

「ビエン・ユーっているか？」

数人が声をそろえて言った。

「残念ながら、全員ビエン・ユーではありません！」

「お家に帰ったんでしょうか？」シュウナンが息せき切って聞き返す。

一人が真面目に言った。

「そのビエンユーっていうのは人の名前ですか？」

「そうです。「辺境」の辺と書いてビエン、「地域」の域と書いてユー」

「悪いけど、ここにはそんな人はいませんよ」

「ほかのクラスには？」

「男子？　女子？」

「男子です……」

「ぼくの知る限りでは、高二にビエン・ユーという名前の人はいませんね」

シュウナンはあっけにとられた。まさか、学校か、学年を聞き違えたのだろうか。

シュウナンはごめんなさいと言いながら、階段に向かって駆け出した。

初めに飛び出してきた男子が、ふざけてこう言った。

「次に、ビエン・ユーを探しに来るときは先に連絡してくれよ！　そうしたらクラスの何人か、ビエン・ユーに改名しておくからさ」

シュウナンは階段を駆け下りると、一気に校門に向けて走り出した。本当にどうかしていた、と自分で自分を恨めしく思った。きちんと相手に聞いたわけでもないのに、よく知らない男子をいきなり尋ねていくなんて、物好きもいいところだ。

校門を出ると、まだ気持ちが落ち着いていないシュウナンは、小さな屋台でアイスを一つ買った。

後ろで、誰かが呼んでいる。

シュウナンは振り返って、自分の目を疑った。そこに立っているのは、昨日学校で出会った、あのビエン・ユーだ。彼は昨日会ったときと同じ服装で、見た目も表情や態度も昨日のままだ。

シュウナンはびっくりするやらうれしいやらで、何を言っていいのかもわからない。

ビエン・ユーが先に口を開いた。

「ぼくを探しに学校まで来ていたの？」

シュウナンはうなずいた。

「でも、クラスの人たちが、あなたのような生徒はいないって」

ビエン・ユーは申し訳なさそうに言った。

「ごめんなさい、クラスのやつらはふざけていたんです。ぼくは図書館にいたんですよ。図書館を出たところで、きみが校舎から出てくるのが目に入ったので、追いかけてきたんです」

「クラスの人たち、よくもまあ、あんなふざけ方ができますね！」

シュウナンはとがめるように言った。

「みんな、エネルギーがあり余っていますからね。勉強のほかに使い道を知らないから、そんなふざけたことをしたんですよ」

「IQの高い人ってみんなああいうのが好きなんですか？」

「そうでもないでしょう、ぼくは好きじゃないですよ。ところで、何か用だったの？」

「わたし、あなたに謝りに来たんです。昨日、わたしの担任の先生のところに来てくれたんですよね。母さんのところに先生から電話があって……」

「大丈夫だった？」

「ええ、ありがとう」

「お礼なんていりませんよ、男たるもの、やったことは自分で責任をとらなくちゃ」


シュウナンとビエン・ユーは学校の塀に沿って歩き、静かな通りまでやってきた。道端のポプラ並木から涼しい風が吹いてきて、ビエン・ユーはぶるぶるっと身震いした。

「寒いですか？」シュウナンが聞いた。

「大丈夫、ちょっと風邪をひいて。でももう良くなった」ビエン・ユーは自分の鼻先を指さした。

シュウナンが突然尋ねた。

「どうやって、ライ・シャオジュと知り合ったんですか？」

ビエン・ユーはにっこりして答えた。

「あの人とは、全然知り合いじゃないですよ」

「知らないですって！　じゃ、どうやって手紙をシャオジュに渡して、わたしに届けさせたの？」

ビエン・ユーはあわてて息をのんだ。

「あ、実はね……ぼくはシャオジュさんを通じて手紙を届けることもできたんです、きみのカバンに直接手紙を入れるんじゃなくて」

「それでは、シャオジュがくれた手紙は、あなたが書いたんじゃないってことですか」

シュウナンは真剣な顔で聞いた。

「ぼくが書いたとも言える……」ビエン・ユーはしどろもどろだ。

「どうしてそう言えるんですか。そうならそう、違うなら違う。ちゃんと本当のことを言ってください！」

シュウナンの心の中で、手紙のいきさつはほんのちょっとした疑問にすぎなかったが、いまやこの疑問は急に大きな謎になった。ビエン・ユーの話はまったくつじつまが合わない。手紙は正真正銘、シュウナンがライ・シャオジュの手から受け取ったものだ。それなのに、ビエン・ユーはシャオジュとまったく面識がなかったという。しかもシャオジュも、ビエン・ユーから手紙を受け取ったとは認めておらず、自分自身で書いたものだと言っている。これはいったいどういうことだろう。めちゃくちゃとしか言いようがない。

ビエン・ユーは、まるでどこかに答えがないか、という様子でぼうっと空を見上げている。

しばらくして、彼は重大決心をしたかのような表情で、シュウナンを見た。

「よし、本当のことを言います。あの手紙は、ぼくが書いたものではありません」

「ああ……」シュウナンは声を上げてから、続けた。

「あなたが書いたんじゃないなら、いったいどうして自分で書いたなんて言ったの?」

「ぼくはただ、きみを助けたかったんです」

「私を助けるって?」

「きみが困難を切り抜けるのを手伝いたかった」

「わたしのことを全然知らないあなたが、どうやってわたしが困っているってわかったの？」

本当のことを言ってしまったからか、気分が少し落ち着いたらしい。ビエン・ユーはまた、穏やかな調子に戻って答えた。

「きみはぼくのことを知らなかったけど、ぼくはきみを知っていた。だから、きみが困っているってわかったんです」

「どうやって、あの手紙の中身がわかったの？」

「見てしまったんです、それで全部暗記した」

「どこで見たの？」

「言いたくないわけじゃないですけど、ぼくが言っているのは全部本当のことで、言っていないことには言えない事情があるんです。ぼくに少しだけ秘密を守らせてくれますか？」

シュウナンは何も言わなかった。疑問は大体解けたようだし、あとは「言えない事情がある」だけだ。こうやって助けてもらったのだから、これ以上責めたてるのは良くない。

「本当は、手紙をあなたに返そうと思ったの。でも、あなたが書いたんじゃないのよね」

シュウナンはちょっとがっかりしながら言った。

「たしかにぼくが書いたものではないですけど、手紙に書いてあった通りになりたいな——きみと友達に」

まったく知らなかった人が、何か特別の方法で自分を助けに来てくれたのだ。シュウナンは、これはとても神秘的で不思議なことだと感じた。

シュウナンの心はほっこり温かくなった。

ビエン・ユーは兄さんぶって、シュウナンの肩をたたいて言った。

「早く帰れよ、復習をたくさんしなくちゃいけないだろ」

「また会える？」シュウナンはそっと聞いた。

「入試が終わったら、また会えるよ……」

「わたしに手紙をくれる？」

ビエン・ユーは微笑を浮かべたまま黙っていたが、しばらくしてこう答えた。

「きみは賢くていい人だから、頑張って協力するよ……自信を持って！」

この唐突な言葉はちょっと意味がわからなかったが、シュウナンはとても励まされたような気がした。

ビエン・ユーは振り返ることもせず、学校の方に駆けて行ったけれども、情熱と自信にあふれた黒い瞳は、シュウナンの心の中に明るい光をともした。

（1）国や地方政府が予算や人材を集中させて運営する学校。設備が整い、教師のレベルも高く、進学率もよく、入試の際の競争も激しい。

7　競争

周囲の雰囲気がだんだん張りつめてきた。もし、人間の鼻が動物——たとえば犬——のような鋭いきゅう覚をまだ持っていたら、きっと強い火薬の匂いをかぎつけたことだろう。

学校では、生徒たちの学力向上のため、毎日七時限まで授業を行った。午前中に四時限、これには早朝の自習は含まれていない。午後は三時限あり、自習の時間はまったくない。午後の一時限目は各教科の先生が交替で生徒たちに「補習」をしに来た。二時限目は、一つのクラスを三つに分けて授業をする。成績の良い生徒の「先進クラス」では「数学オリンピック試験問題」とかを教え、中ぐらいの生徒の「普通クラス」では、教室で教えても教えなくてもよい副教材を使って授業をし、成績の悪い生徒は「補習クラス」で、以前に学んだけれど理解ができていない内容をもう一度勉強する。

シュウナン、ライ・シャオジュ、シー・ゴンは「補習クラス」のメンバーだ。

第一回の模試が終わって三日目に、中学三年の先生、生徒、保護者が集まる大会が開かれた。

校長先生はまず、全学年の成績上位者十名を表彰し、そのあと、第一位の生徒を壇上に呼んで、学習方法や気づいたことをみんなに話すようにと言った。一位になったのはシュウナンのクラスの女子、ガオ・シャンシャンだった。

先生も生徒たちも、ガオ・シャンシャンはこの年代の女子の良いところをすべて持っている子だと思っていた。勉強ができるのはもちろんだが、すごいのは、まったく苦労する様子もなく、遊んで笑って、気楽に過ごしながら軽々とトップの座を手にするところだ。シャンシャンは美人で、もし希望さえすれば、どんな芸術学校や、芸能団体を受験しても、その美貌だけで上位合格できるだろう。さらに頭脳明晰で、話すときは早すぎず遅すぎず、優しく美しい声で、理路整然と話ができる。

一番すばらしいのは、これだけたくさんの長所があっても、少しも出しゃばらず、誰に対しても、いつもにこやかで謙虚なところだ。

まるでこの世の美徳がすべてガオ・シャンシャンに集まっているようだった。

普通、親たちはよくできる生徒を見たあとでは、家でその生徒を引き合いに出して、「あの子をごらん、おまえも負けないよう勉強しなくちゃ！」と叱咤激励するものだ。

しかし、ガオ・シャンシャンを見た親たちが自分の子どもと彼女を比べたことは、今までになかった。シャンシャンはいわゆる高嶺の花で、本気で我が子と比べたりすれば、子どもは恥じ入って、何よりも大切な自信をなくしてしまうだけだ。

ガオ・シャンシャンの発表を聞きながら、親たちが考えていることはたった一つ、「この子はいったいどうやって育てられたんだろう。すばらしすぎる！」、一方で生徒たちには、シャンシャンの言っていることはまるで遠い星から届く信号のようで、自分には何の関係もないように思えた。

ガオ・シャンシャンの話が終わると、拍手のあと、校長先生が続けた。

「では、シー・ゴン君にも、話してもらいましょう」

あまりに意表をついていたので、校長先生が話し終わらないうちに、真ん中あたりに座っているシー・ゴンに全校生徒の視線が集中した。

会場はたちまち、ざわつき始めた。シュウナンやライ・シャオジュがびっくりしただけでなく、クラスの全員がおかしいなと思った。

校長先生が説明した。

「わたしたちはいま、成績優秀な生徒から、自信を持ってしっかり取り組むという話を聞きました。成績が伸び悩んでいる生徒は、さらに絶対やるぞという決意が必要です。さあ！」

シー・ゴンが演壇に立つと、会場はしんと静まり返った。校長先生は、シー・ゴンの脇に座っている。

シー・ゴンは校長先生に指名され、担任のリュウ先生に何度も励まされて、ようやく発言することにしたのだった。

校長先生の描くイメージによれば、クラスが一本の材木だとすれば、二つの端がを持ち上げて、初めて担ぐことができる。一つの端はガオ・シャンシャンで、もう一つの端はシー・ゴンだ。シー・ゴンを選んだのは、彼は成績こそ全然振るわないが、実は頭が良く、計り知れない能力を秘めた生徒であり、うまく励ますことができれば、成績の悪い生徒たちの積極性を引き出すことができると考えたからだ。校長先生はシー・ゴンの書いた字を見て、この子はまさに「鳴かねばそれまでだが、ひとたび鳴けば人を驚かす」[1]と思ったのだった。

シー・ゴンはマイクに向かって何度か咳ばらいをしたが、黙っている。

校長先生が言った。「さあ！」

シー・ゴンは校長先生の方を向いて言った。

「原稿をなくしちゃいました」

みんながどっと笑った。校長先生はあわてながらもこう言った。

「原稿はなくてもいいから、思ったことを言いなさい」

「思ったとおりに？」

「思ったとおりに言いなさい」

シー・ゴンが、ついに話し始めた。

「先生は、勉強ができない生徒の代表として、ぼくに、模試で経験したことを話すようにと言いました。だから思っていることを話します。ぼくらにとって、高校入試と大学入試は戦場、じゃなくて刑場みたいなものです！　ぼくらは銃を撃つんじゃなくて、ただやられるだけの立場です。本来なら一発撃たれて死んじまえばおわりですが、そんなにカンタンなものじゃありません。一発目は肩のそばをヒュッと飛んできて、びっくりして死にかけます。二発目もやっぱり耳のそばをヒュッと飛んできて、またびっくりして死にかけます。死んではいませんが、死がだんだん近づいてくるのはわかります。怖いでしょう！　この一発目というのが一回目の模試で、二発目は二回目の模試です。わかったでしょう、模試って、「ゴウモンシケン」です。誰が発明したのか、作り出したのかは知りませんが、父さんや母さんの学校時代には、聞いたこともなかったそうです。試験は試験でしょう、さらにそれをまねた試験なんか、なんのためにするんです?」

これには校長先生を始め、その場の全員があっけにとられた。まもなく会場ではひそひそと議論する声が聞こえはじめ、その声はだんだん大きくなっていった。みんな、こんな奇抜な意見は聞いたことがなかった。一見、まったく理屈になっていないような気がするが、よく考えると一理あるようにも思える——要するに屁理屈だ。

校長先生が、シー・ゴンの肩をたたいた。

「要点をまとめて言いなさい」

「もう終わりました」シー・ゴンが言う。

「もう終わりだって?」

校長先生は椅子から飛びあがりそうになった。

シー・ゴンは校長先生の顔色を見て、急いで付け足した。

「一番大切なのは、ぼくら落ちこぼれは、やる気をなくしてはいないということです。模試というものがあるからには、「そうなってしまった以上、素直に受け入れて取り組む」のです。ぼくらは努力して学び、日々進歩し、優等生を見習い、彼らに追いつくことを決意いたします！」

校長先生が真っ先に拍手をした。まさに、シー・ゴンの「才能」を見せつけられたかっこうだ。たしかに彼にはすごい潜在能力がある。よくぞまあ、あんな減らず口の演説をやらかしたものだ。これぞまさしく「鳴かねばそれまでだが、ひとたび鳴けば人を驚かす」ではないか！

金石工芸[2]の老匠であるシー・ゴンの祖父も、この会に参加していた。彼は孫の怪演説を演壇の下で聞いていて、怒りのあまり杖で床をガンガンと打ち鳴らした。

「このひよっ子め、身の程もわきまえず口から出まかせをしゃべりおって、怪しからん！」

シュウナンと父さんは一緒に自転車で家に帰る途中、何も話さなかった。シュウナンには、父さんの気持ちがとても沈んでいることがわかった。保護者会が終わったあと、クラスの十人の保護者が残され、その中にはシュウナンの父さんも入っていた。

もうすぐ家に着くというとき、父さんが突然言った。

「あの銃で撃たれる話をした子はなんていう名前かい」

「シー・ゴンっていうの」

「成績はどのくらいなんだい」

「ビリ」

「おまえより下なのか」

「うん……」

「でも、ずいぶん賢そうだったぞ」

「うん……」

「おまえは、あの話に賛成なのか」

「わかんない」

「ほらまた、わかんないって言う！」

父さんは少し腹を立てた。シュウナンにはわかる。いま父さんは機嫌が悪く、絶対に怒らせてはいけない。

前方で道路工事を行っており、道はデコボコだらけだ。ちょうどそのとき自動車が正面から向かって来た。父さんはしかたなく自転車をコンクリートのかたまりが積んである空き地によけたが、コンクリートのかけらに引っかかって、あっと驚いているシュウナンの目の前で、自転車ごと倒れてしまった。

シュウナンが駆け寄るより早く、父さんはどうにかこうにか立ち上がっていた。シュウナンが手を貸したが、父さんのひじには切り傷ができていた。幸い長ズボンをはいていたので、ひざの方はズボンに穴があいただけだった。

二人はもう一度、自転車に乗った。

「父さん、大丈夫？」

「大丈夫だ、家に帰ってばんそうこうを貼ればいい」

シュウナンは父さんのひじから真っ赤な血がしたたり、ベージュ色のズボンの太ももに赤いしみができているのに気づいた。

「父さん、病院に行こう」

「大丈夫だ」

「病院へ行こうよ、とにかく消毒をしなくちゃ！」

シュウナンは頼み込むように言った。

病院に着くと、医師が父さんの傷は深く、四針縫わなければならないと言った。シュウナンと父さんはショックを受けた。

シュウナンは受付をすませ、お金を払い、薬をもらい、医師が父さんに破傷風の予防注射を打ち、傷口を縫うのを見守った。

父さんを支えながら病院を出るとき、父さんはシュウナンの頭をなでながら言った。

「シュウナン、父さんは誰のためにこんなことをしているのかな？」

この一言を聞くと、シュウナンは涙が止まらなくなった。

幼稚園に行っていたころ、父さんが自転車でシュウナンを送ってくれた。乗り心地を良くするため、父さんは自分のカバンを自転車のフレームに載せ、その上にシュウナンを座らせた。まさか、通りに出るが早いか、娘とカバンが一緒にすべり落ち、父さんと自転車はその反対側に倒れてしまうとは思わなかった。シュウナンは地べたで大泣きしたが、それは自分が痛かったからではなく、父さんが脚に怪我をしたのを見たからだった。

小学生のころは、夜の十一時になっても宿題が終わらなかったとき、父さんがシュウナンの頭をなでながら「まだ終わらないのかい？」と言ってきたことがあった。

シュウナンは「手芸がまだできていないの！」と言って泣きだした。手芸、というのは先生が用意した宿題で、ブランケットに色とりどりの毛糸で漫画のキャラクターを刺しゅうする、というものだった。シュウナンはまだできていないどころか、どんなキャラクターにするかさえ考えていなかった。

「ブランケットはあるのか？」

父さんが聞いた。

シュウナンはカバンの中から、工作用紙二枚分ぐらいのブランケットを取り出した。父さんは「もう寝なさい、父さんが手伝うから」と言った。

真夜中にシュウナンが目を覚ますと、父さんがブランケットにフリンジをつけているところだった。そこにはすでに、坊主頭の男の子が刺しゅうされていて、その右上には四方に光を放っている真っ赤な太陽もあった……

この前の冬休み、父さんはシュウナンのために、歴史の個人教授を頼んだ。父さんはシュウナンに付き添ってその先生の家に行くだけではなく、シュウナンと一緒に講義を聞いてノートも取った。父さんは娘よりたくさん書き、しっかりと記憶もしていた。

父さんはこれらのことを、全部シュウナンのためにしてくれたのだ。父さんは今年四十五歳、すでに白髪も増えてきた。シュウナンはどんなに成績を上げたいと思っただろう。ほぼすべての親が、子どもに対して望むことはたった一つ、勉強ができること だ。親は子どもがどんなことをしでかしても大目に見てくれるけれど、成績が悪いのだけは許してくれない。子どもができる唯一のお返し、それは良い成績だ。

けれど、シュウナンはそのお返しをすることができない……

（1）原文は「不鳴則已，一鳴惊人」。司馬遷の『史記』を出典とする成語で、今は冴えないが大きな可能性を秘めていることを表す。

（2）金属やヒスイ・玉などの石類を彫刻したり文字や絵を刻んだりする伝統的な工芸。

8　夜の帰り道

シュウナンは大急ぎで夕食を食べた。今夜は歴史の先生の家で勉強する日だ。いつもは父さんが付き添ってくれるが、今日は家で休まなければならない。シュウナンは一人で自転車に乗った。

歴史を教えてくれるのは熱心な老先生で、試験が迫ってくると、まるで人間国宝みたいに貴重な存在になる。たくさんの中学や高校の受験生が一人また一人と先生の家に来るので、一瞬も休むひまがない。補習をしてもらいに来る子どもたち一人一人を自分の孫のように思っていて、熱心に辛抱強く、一回に二時間も三時間も講義をしてくれるのだ。

講義が終わって、歴史の先生の家を出ると、もう夜の十時を回っていた。道路は空いており、道沿いの店で夜食をとっている客がまばらにいるだけだ。傍らを車が通り過ぎるとき、秋の訪れを告げる涼しい風が吹いた。

シュウナンはちょっと怖くなって、自転車を飛ばした。暗闇の中、道端にそびえ立っているエンジュの木を見たとき、セミの声を聴きたいなと思った。ライ・シャオジュと一緒につかまえたあのセミは、今どうしているだろう。きっとすごい歌手になったに違いない。

とうとう、シュウナンは近くの木で鳴いているセミの声を聞きつけた。けれど、その声は生きているのか死んでいるのか、まるで寝言を言っているみたいにフッフッという だけで、すぐに静かになってしまった。あまり暑いわけでもなし、セミたちもあまり楽しくないんだろう。

とある横丁を通り過ぎる時、一台の自転車が追い抜いて行った。まるで酔っ払いみたいに、シュウナンの前をふらふらと走って行く。シュウナンはあわてて速度を落としてよけようとしたが、どうしてもよけきれない。ついにその自転車は、シュウナンを停めさせてしまった。

乗っていたのは男で、酔ってはいなかった。そしてシュウナンのほうを振り返り、ニヤニヤ笑いながらこう言った。

「ねえ、こんな遅くにどこへ行くの?」

シュウナンは一瞬、頭の中が真っ白になった。目の前で何が起こっているのか、まだわかっていなかった。このとき、誰かが腕を後ろからつかんだ。振り返ると、いつ現れたのか、別の男が立っている。その手には果物ナイフが握られていた。

「声を出したら、命はねえぞ」

シュウナンは全身が凍りつくのを感じた。叫びたかったが、口を開けることも、声を出すこともできない。まるで怖い夢を見ているときのようだ。わかるのは自転車のハンドルの冷たい感触だけ……

道端でセミが鳴き出した。仲間を総動員し、大きな激しい声で、「誰か早く来て、このかわいそうな女の子を助けて」と叫んでいるようだ。

幻覚じゃない！　二人のチンピラたちも突然湧き上がったセミの異常な大合唱に気づいたらしく、不審そうに道端のエンジュの木を見た。だが、シュウナンを捕まえた手はそのままだ――彼らはセミなんか恐れていない。

そこに、暗闇から誰かが駆け出してきた。シュウナンは助かったと思った。そして、その人が自分たちの前に立ったとき、びっくりして息をのんだ。ビエン・ユーだ！　いったいどうしてこんな時間に、こんな場所に、しかもこんな危険なときに現れたんだろう？

ビエン・ユーは興奮して、顔が青白くなっていた。

「何をしているんだ?」

声も、興奮のためにかすれていた。

シュウナンを押さえていた手がゆるみ、二人は自転車の周囲を回って、ビエン・ユーをとりかこんだ。ビエン・ユーは一歩も引かないどころか、かえって彼らに向かって一歩前に進み出た。

凶暴なチンピラたちは、ビエン・ユーのようなひ弱な高校生は簡単に自分の言うことを聞くと思っていたのだろう。

「さっさと消えろ、でねえとぶっ殺す」

ビエン・ユーは全身を震わせた。恐れのためではなく、怒りのためにだ。そして二人を指さして叫んだ。

「おまえたちがさっさと消えろ。でないと命がないぞ」

セミたちが狂ったように鳴き、ビエン・ユーを励ました。

チンピラの一人が後ろから拳を上げて打ちかかった。ビエン・ユーは無防備だったので前に二歩よろけると、サンドバッグのように倒れて突っ伏した。

「ああ!」シュウナンは叫んだ。

ビエン・ユーはよろよろと立ちあがったが、まだ足元が固まっていないうちに、顔にもう一発食らって、今度はあおむけに倒れた。もう打たれても避けることができず、何度も打ち倒されたが、また何度も立ち上がった……

「どうだ？　まだやられたいか？」

チンピラの一人がぞっとするような笑いを浮かべながら、得意げに言った。

ビエン・ユーはもう一度立ち上がると、力を振り絞って胸を張り、シュウナンと二人のあいだに立った。

「この子に手を出すのは、ぼくを殺してからにしろ！」

セミの声がさらに広がった。木の上にいるセミが全員鳴きわめき、眠っている町を目覚めさせようとするかのようだ。

二人のチンピラは顔を見合わせた。

「このガキ、こんなに弱えのに、まだしゃんとしてやがる」

ビエン・ユーはなおも仁王立ちになったままで、目には人をも焼き尽くしそうな炎が燃えていた。

チンピラたちは行ってしまった。セミも安心したのか、声がだんだん小さくなってきた。

ビエン・ユーは、自分を支えていた最後の気力が尽きたのか、もう立っていられなくなって、シュウナンの足元に崩れ落ちた。

シュウナンは急いでかがむと、ビエン・ユーを助け起こした。

ビエン・ユーは目に涙を浮かべていた。

「ごめん、役立たずで、ケンカもできなくて、甲斐性なしで男らしさなんか全然なくて、本当に恥ずかしいよ」

「そんなことない!」シュウナンは泣きながら叫んだ。

「あなたは最高に勇敢だったわ」


シュウナンはビエン・ユーを支えながら、近くの医院に向かった。

「どうして、あんなところに突然現れたの?」

ビエン・ユーは答えない。

「お家があのへんにあるの?」

シュウナンがまた聞いたが、ビエン・ユーはやはり答えない。

しばらくの沈黙の後、ビエン・ユーが突然口を開いた。

「ぼくのこと、誰にも言わないでくれる？　いい？」

シュウナンはうなずいた。

「もし、きみがしゃべったりしたら、ぼくはすぐ死んじゃうよ……」

シュウナンは驚いた。

「どういうこと？　ぜんぜんわからない」

「そのうちわかるさ……」

街灯に照らされたビエン・ユーの顔は、紙のように白かった。


シュウナンはビエン・ユーを支えたまま、医院の救急外来に入った。

ベッドに横になると、ビエン・ユーはシュウナンに行った。

「ぼくの家に電話をかけて、すぐに帰るって伝えてくれるかな」

「怪我したことも話す？」

ビエン・ユーは首を横に振った。

「言わないで」

シュウナンは、電話番号のメモをつかんで電話室へ行った。

電話の向こうから交換台の声がする。「おかけになった番号は、現在使われておりません」

シュウナンはもういちどかけてみた。

「おかけになった番号は、現在……」

急いで救急外来に戻ってみると、そこには誰もいない。

シュウナンはあわてて、当直医の先生に聞いた。

「すみません、ここに寝ていた人は？」

先生は机から一本のペンを取り上げてシュウナンに渡しながら答えた。

「あの学生さんなら、すぐ行かなければならないので、このペンをあなたに渡してくださいと言って……」

「あんな状態で、どうやって出ていけるんですか？」

「わたしもそう言ったのですけど、どうしても行かなければって」

「あの人の怪我は重いんですか」

「検査をする間もありませんでした」

シュウナンはペンを受け取ると外に飛び出し、呼びながら駆け回った。

「ビエン・ユー、ビエン・ユー！」

救急外来の通路を全部見てから、今度は医院の入口に走って行った。入口には人ひとりおらず、シュウナンの自転車だけがさびしそうに塀に立てかけてあった。

シュウナンは空を見上げた。今夜は月が見えず、漆のような暗い夜空に、無数の星が瞬いている。

入口の段々に腰かけ、シュウナンは声を立てずに泣いた。ただ、耐えられないほどに心が空っぽになっていた。

こんな詩があるのを思い出した。「きみはそっと行ってしまった、出会った時と同じように……」ビエン・ユーはどうして、さよならも言わずに行ってしまったのだろう。

そして、シュウナンははっと思い出した。手には、ビエン・ユーが残して行ったペンをしっかり握りしめている。このペンがあることで、シュウナンの気持ちは少しだけ救われていた。

星の光の下で、ペンは乳白色に光っていた。長い間使われていたもののようだった。普通のペンが上から下までつるつると滑らかなのとはまったく違って、このペンは、たくさんの模様が刻まれており、さらに真ん中あたりにひょうたんのような「くびれ」があった。ここに紐をつけて首にかけるためだろうか？　わからない。

ビエン・ユーはどうしてこれをわたしに残して行ったんだろう。永遠の記念にするためかしら。そう思うと、シュウナンはまた、悲しい気持ちになってしまった。

9　セミの羽

明かりの下で、シュウナンはビエン・ユーがくれたペンを隅から隅まで眺めた。キャップの部分がとても変わっていて、一匹の白くて細長いセミの姿が彫刻刀で刻まれている。丸くてつややかな二つの目は、まるで生きているみたいだし、がっしりした背はなめらかな水晶のようだ。とりわけ、二枚の羽は細い彫刻刀で筋の一本一本を刻みつけてあり、たてよこに交わる模様がはっきりと見えるだけでなく、さわったときにも本当のセミの羽のような感触だ。

キャップを回して開けてみると、中はほかのペンとまったく変わりがない。

これはビエン・ユーにとって何か意味のある大切なものみたい、とシュウナンは思った。でも、なぜこれをわたしに？　と思うと顔が熱くなってしまう。

本当に不思議なことだらけだ。ビエン・ユーは、どうして診察を受ける前にあわただしく姿を消してしまったんだろう。わたしに迷惑をかけると思ったから？　医院に払うお金がなかったから？　他に何か困ることがあったのかしら？　いくら考えても謎だった。

次の日、シュウナンはそのペンを持って登校した。

休み時間、何気ないふりをして筆箱を開け、こっそりあのペンを眺めると、目の前にビエン・ユーの姿が浮かんできた。あるときは「緑の帆船」で話している様子、あるときは危機に陥ったシュウナンをかばってくれた、あの怒りに満ちた表情……

シュウナンはもう考えないように必死で努力したが、自分を抑えることができなかった。ビエン・ユーがペンを残していなくなったのは、シュウナンに安心して一生懸命勉強するように、と言うつもりなのだろう。もし勉強がちゃんとできなければ、両親にだけでなく、ビエン・ユーにも申し訳ない。考えるほどに、ビエン・ユーはシュウナンにしっかり集中して勉強しなさい、と言いたくて、このペンをくれたのだと、はっきり感じることができた。

お昼に授業が終わると、シュウナンは帰る支度をしたけれども、足は意志に反して別のところへ行こうとしていた。そして結局、華大付属行きのバスに乗った。ビエン・ユーは昨日シュウナンをかばって怪我をし、治る前にどこかへ行ってしまった。今はどうしているだろうか。薬はつけたのだろうか。もしかして別の事件が起こったのでは？

シュウナンの気がかりは増えるばかりで、どうしても落ち着くことができなかった。自分のために怪我をしてしまった人のところに行ってお見舞いをするのは、普通の生徒だってすべきことのはず。もし自分が会いに行きさえしないとすれば、それは不人情というものだ。

今日のシュウナンは、華大付属へ行くことを、数日前のように恐れていなかった。これは人として行うべき正しい行動で、良心のある人はみんなこうするはずだ……

高等部二年六組の教室に行くと、何人かの生徒が昼ご飯を食べており、何人かは本を読み、また何人かは机に突っ伏して昼寝をしていた。

シュウナンは中に入り、そこにいた女子生徒に聞いてみた――実際には教室にいた全員に聞いていた――。

「すみません、ビエン・ユーさんは今日学校に来ましたか?」

その女子生徒は顔を上げ、不思議そうな顔できき返した。

「ビエン・ユー? どのクラスの?」

「高等部二年六組です」シュウナンは少しがっかりしながら答えた。

「その人、ビエンっていう名字ですか?」

「そうです、「辺境」の辺の字を書いてビエン」

「うちのクラスにビエンさんはいないし、高等部二年にもいません。なんなら、三年のクラスで聞いてみてはどうですか」

女子生徒は親切に言ってくれる。

シュウナンの心配は現実になり、あの日の情景がまざまざとよみがえってきた。

一人の男子生徒が頭を上げてシュウナンを見た。

「あれ、きみ、この前来なかったかい？」

「ええ、来ました」

シュウナンは、この生徒があの時教室から飛び出してきて、冗談を言ったことを思い出した。

「そんな奴いないって言ったじゃないか」

「でも、その人の口から直接、華大付属の高等部二年六組だって聞いたんです」

シュウナンは真剣だ。

「ああ、きみ、だまされちゃだめだ！　そいつ、もしかしてきみにお金を借りて、まだ返して……」

話が終わる前に、シュウナンは教室を飛び出した。そして高等部三年に行った……校門を出ると、シュウナンはわざと、あの日アイスを買った店に寄った。ビエン・ユーが目の前に現れるのではないかと夢見て。

ビエン・ユーは現れなかった。

シュウナンはいま、悟った。ビエン・ユーはこの学校の生徒ではなかったのだ。彼がシュウナンに話したのは本当のことではない。こんなことなら、昨日の晩、どこに住んでいるのか聞いておけばよかった。

午後の一時限目は、歴史だった。

先生は分厚いテスト用紙の束を抱えて教室に入って来た。

先生は何も言わず、テスト用紙を六等分して、六つの班の最前列の生徒に渡した。

「後ろに回しなさい」

みんなが手に取ってみると、それは自分たちとは別の地域——西城区——の、第一回模試の問題だった。

先生は教壇に立って話した。

「今日は、西城区の第一回模試を解いてみましょう。シー・ゴン君の説によれば、先生もまた鉄砲を撃たなければなりませんね。実は、この鉄砲を撃っているのは先生ではなく、生徒の皆さん自身です。さあ、自分の弾丸が的のどの部分に命中するかみてみましょう」

先生はシー・ゴンの方を見て笑った。

「シー・ゴン、先生の話は合ってるでしょう」

シー・ゴンはニヤッとした。

「まったく先生のおっしゃる通りです。先日の発言は言葉足らずでした」

クラス中がどっと笑った。

先生は話を続けた。

「先生は採点をしません。皆さんが解き終わったら、模範解答を発表しますから、自分で苦手なところをチェックしてください」

教室じゅうで、カイコが桑の葉を食べる時のようなカサカサした音がしはじめた。

シュウナンは、ふと思いついた。ビエン・ユーがくれた、あのペンを使ってみよう。

ペンを紙に置いてちょっと書いてみたが、何も書けない。インクが入っていないのだ。シュウナンは後ろの席にいるシー・ゴンにインクをもらって、ペンに注ぎ入れた。するど、そのとき手の中で、ペンがかすかに震えたような気がした。

シュウナンはびっくりして、もう少しでペンを机の上に落とすところだった。あらためて、ペンを机にそっと置き、じっくりと見たあと、手で軽くたたいてみたが、ペンは静かに横たわったまま、何の変化もなかった。

ライ・シャオジュがこちらを見て、不審そうに聞いた。

「何しているの?」

「別に」

シュウナンは首を振って、あわててペンをつかんだ。

今のは錯覚かもしれない……

歴史のテストの第一部分は正誤判定問題だった。問題のあとに◯か×を描けばよい。シュウナンはいつもこの手の問題が一番苦手だった。ちょっと書けばすむのだから一見簡単そうだが、やってみると正しいのかどうか紛らわしくて、とても難しい。

シュウナンは第一問目を見て、「これは◯」と思った。ところが、用紙に◯を描こうとすると、どういうわけかインクが出てこない。ペンを振ってからもう一度書いてみたが、やはりだめだ。その時、シュウナンはふと、「これは間違っているのかも」と思って×を書こうとした。すると今度はなんと、ペンがすらすらと動くではないか。シュウナンは不思議なことがあるものだと思いながら、こうして×が書けない時は◯を、◯が書けない時は×を書いていった。

第一部分はこんなふうに終わった。シュウナンが一人でともいえるが、ペンという「参謀」の助けを借りたというのが、より正しいと言えそうだった。

シュウナンは、もう一度最初から回答を見直してみた。「ペンのインクが出るか出ないかで答えを決めた」というのではあまりにもばかばかしいからだ。しかし、たしかにその答えには一理ありそうに思えた。

ほかの問題を解いているとき、シュウナンは、このペンが絶えず自分を邪魔していることに気づいた。あるときは、シュウナンの考えるとおり、すなおに書くことができたが、あるときはまったく思い通りに動かず、まるで見えない手と力比べをしているような感じになった。そんな時はペン先が引っ掛かってひどい字を書いてしまったり、どうしてもインクが出てこなかったりした。

シュウナンはますます不思議に思った。こういうときは、ペンを置いてちょっと考えなければならない。そして、そんなとき、しばしば自分が間違っていたのに気づく。そして別の回答を選ぶと、ペンもまた滑らかに動き始めるのだ。

シュウナンの頭は熱くなってきた。何度もこのペンを使うのはやめようと思ったが、猛烈な好奇心がそうはさせなかった。どうせ、これは本当の試験ではないんだし、全部やってしまってから考えればいい。このようにして、シュウナンはペンと争ったり協力したりしながら、なんとか答案を書き終えた。

授業が終わる五分前に、先生が教壇から厳粛な声で告げた。

「そこまで！　まだ終わっていない人は手を上げなさい」

誰もいない。

「はい、ではこれから模範解答を言いますから、間違ったところは書き直さず、横に正しい回答を書くようにしましょう。自分がどこを間違ったか後でよくわかるよう、赤ペンを使うといいですよ」

先生から第一部分の正解を聞いて、シュウナンはびっくりしてしまった。全部で三十個ある小問が、すべて合っている。今まで、こんなことは一度もなかった。

そして、驚くべきことに、シュウナンが判断を間違ったとき、インクが出なかったのは、まったく偶然ではなかったのだ。

続けて先生が教えてくれる正解を聞いているうち、シュウナンがペンと争ったところや、無理やりひどい字で書いたところは、どれも間違っていたり、不適当なところがあったりしたことがわかった。

幸い、大部分はもう一度考えて書き直したのだが、頑固に最後まで直さなかったところはすべて間違っていた。

テスト用紙に書いてあった配点によって計算したところ、シュウナンは90点で、90点を取ったのはクラスで三人だけだった。90点より上はガオ・シャンシャン一人だけだから、シュウナンと後の二人は、クラスで第二位だ。

この点数はただの自己採点で、誰からも注目されなかったが、シュウナンはびっくりするやらうれしいやらだった。この点数が本当の実力ではないとわかっていたが、この神秘のペンが手に入ったことがうれしかった。

神秘のペン、といえるのは、シュウナンがいい点を取れるようにしてくれたからだけではなく、ペンが独特のやり方で、シュウナンが問題を考えるのを助けてくれたからだ。

シュウナンはペンを自分のほおに押しつけ、キャップに彫られた蝉の羽をなでた。

ビエン・ユーがくれたペンはなんて素敵なんだろう！

だが、シュウナンの心には重大な秘密が隠され、同時にシュウナンにも一つの大きな疑問が生まれた。ビエン・ユーはいったい何者なのだろうか。ペンが神秘というよりは、むしろビエン・ユーそのものが神秘なのではないか。

10　戦い

シュウナンが夜、勉強をしていると、父さん母さんはいつも部屋へ来て気がかりそうに「シュウナン、わからないところはない？」と聞く。

「ない」とシュウナンはいつも答える。

けれども、父さん母さんはかえって気になる。いつも大丈夫だと言う子こそが心配をかけるものだと思っているからだ。とりわけシュウナンのような勉強ができない子は、なおさらだ。ききたいことがないということは、頭を使っていないともいえる。シュウナンだって、質問をしてみたいとは思うけれど、どういうわけか、勉強をしているときはいつもわかっているような気がしているのだ。そして、試験の時に初めて、教科書に書いてあることをまったく理解できていないことに気づく。ききたいこともあるが、父さん母さんに「こんな簡単な問題もできないのか？」と言われるのも怖い。

シュウナンはいつも、自分で質問をし、また自分で答えを出せるようになりたいと思っている。けれどどうしてもそれができない。そうこうしているうち、だんだん質問もできず、成績も上がらなくなっていった。

今夜は、シュウナンはわくわくしながら、あのペンを握って数学の宿題をしていた。今日の午後の試験の時のように、シュウナンがミスをすると、ペンはシュウナンの言うことを聞かなくなるから、そうなったときは、慎重に考える必要があるとわかる。このペンはいつもそばにいて、無言でシュウナンに注意を促してくれる「家庭教師」というわけだ。

シュウナンの問題を解くスピードは明らかに遅くなった。ペンが絶えず抵抗してくるからだ。まるでわざと意地悪をしているかのように、ああしてもこうしてもインクが出てこないとき、シュウナンは長いあいだ考えて、ようやく答えをひねり出す。以前のペンに戻してしまいたいと心底思ったけれど、よくよく考えてみればビエン・ユーのペンは自分のためになることをしてくれているのだ。だからこそ歯を聞いしばって、ふらふらになりながらがんばり続けた。

時間はあっという間に過ぎて、気がつくと夜の十時半になっていた。四科目の宿題のうち、数学一科目さえもまだ終わっていない。

父さんが入ってきた。

「シュウナン、わからないことはないかい？」

「ない」

「いつも「ない」っていうのは、かえって良くないなあ」父さんは心配そうに言う。

「本当にないってば」

「宿題はどのくらい残っているんだ？」

「たくさん！」

シュウナンは、小さいころ父さんがキャラクターの刺しゅうをしてくれたのを思い出した。中学に入ってからは小学生のころとはちがって、宿題をやってもらうようなことはしていない。今の宿題を父さんが手伝ってくれるとしたら、父さんの実力なら三十分あれば全部できてしまうだろう。父さんにしてみれば刺しゅうをするよりよほど楽だ。でもそんなことはできない。いま、父さんが代わりにやってくれたとしても、試験の時、自分ではどうにもならないからだ。

父さんはシュウナンの後ろに立ったまま、やれやれとため息をついた。その深くて長いため息は、シュウナンの心にぐさりと刺さった。父さんはシュウナンを助けてやりたかったが、かといって、力を貸してやるわけにもいかない。。シュウナンが振り返って父さんを見ると、父さんはめっきり額のしわが増え、眉間のしわと一緒に、額の両側には白髪も何本か見つかった。

「父さん、もう寝て」

「数学の宿題を見せてごらん」

父さんはようやく、娘を助けてやる方法を思い出した。

シュウナンは、解き終わった用紙を二枚、父さんに渡した。

父さんはシュウナンのベッドに腰掛けて、細々と解答を調べ始めた。そこは暗がりになっていたので、シュウナンはスタンドの向きを変えた。

父さんはさっとスタンドをもとの場所に戻しながら言った。「大丈夫、はっきり見えるよ」

シュウナンは、父さんが近くに座って宿題をチェックするのが一番こわかった。こんなとき、いつもシュウナンの心臓はのどから飛び出しそうになる。いつ、父さんが「シュウナン、ちょっと待て。この問題はどうやって解いたんだ?」と言い出すかわからないからだ。そして父さんは急にイライラしはじめ、声も一オクターブぐらい高くなる。そしてどんどん興奮して、その問題だけでなく、ほかの問題のことや、はてはシュウナンの学習方法や学習態度のこと、勉強とは一切関係のないいろいろなことにまで、お説教をしはじめるのだ。

こんな状況になったとき、シュウナンはいつも小声で言う。

「父さん、早くすませて」

すると、父さんはさらに感情的になる。

「早くだって？　そんなことできるもんか。こう言ってはなんだが、おまえはこの答えをとりあえず直しても、次に別の問題にあたった時、また同じような間違いをするだろう。もしそうでなければ、父さんだってこんなには言わないぞ」

シュウナンは黙って父さんの説教を聞くしかなかった。こうして、しばしば一つの問題に三十分もかかってしまうのだ。

だが、シュウナンもふがいなくて、父さんに宿題をチェックしてもらうとき、毎回少なくとも一つは、間違いが見つかってしまう。それでシュウナンは間違いを正されるだけでなく、お説教もされるのだった。試験や宿題をするときにはリラックスした気持ちが必要なのに、大人はわかっていない。もとのままあだった気分がだいなしになって、一晩中むしゃくしゃする。

「シュウナン、ちょっと待て」

父さんが言った。

シュウナンの心臓はまたギクッとした。振り向くと、父さんの目がうれしそうに笑っている。

「これは、全部おまえが今やっていたのか？」

父さんがつかんだ二枚の紙が震えている。

「うん」

「全部自分でやったのか？　参考書を写したのではなくて」

「写してない」

「すごい。すばらしい、全部合っている！　こんなふうにやっているなら、ゆっくりでも構わないぞ。一つ一つ着実にな……」

父さんは必死で冷静に話そうとしているが、シュウナンにはその顔に喜びがあふれているのがよくわかった。

シュウナンはうれしくなり、考えることの快感と満足感を味わうと同時に、疲れがすっと消えていくのを感じた。

父さんはシュウナンの頭をなでながら言った。

「もう遅いから、早く寝なさい」

「眠くないよ、父さん先に寝て」とシュウナンが答えた。

父さんはにっこりしながら出て行こうとして、ふとシュウナンが持っているペンに目を止めた。

「そのペンはどうしたんだ?」

シュウナンはあわてた。まさか父さんがペンのことを聞くとは。家にはペンもボールペンもたくさんあるから、一本減ろうが増えようが、誰も気にしないと思っていた。

「あ、それは……学校で友達に借りたの」

「自分のペンがたくさんあるのに、どうして借りたんだい」

父さんはもう、あのペンを手に取っている。

「じゅ、授業……じゃなくて試験のとき、インクがなくなっちゃって、急いで借りたのに、返すのを忘れちゃった」

父さんはペンを電灯の下に持ってきて、あのセミの模様をしげしげと見ながら、ひとりごとを言った。

「見事だなあ……でも、どうして見覚えがあるんだろう。いったいどこで見たのかなあ……」

「父さん、これ、どこで見たの？」

シュウナンは大急ぎで聞いた。

父さんは首を横に振る。

「いや、思い出せないな。まあいい、がんばれ、真面目にやるんだ。これから宿題をするときは、いつも今日みたいにするんだぞ」

「わかった」

その日、シュウナンは夜中の一時まで勉強した。くたびれたけれど、楽しかった。


翌朝の自習時間、教務主任の先生が教室にやってきた。教務主任が教室に来ることはめったにないうえ、とても厳粛な様子だったので、みんなは一瞬にして何か重大なことが起こったと思った。もしかしたら入試の日程や出願に関することかもしれない。

教務主任は教壇に立つと沈痛な表情で話し始めた。

「皆さん、悲しいお知らせです。数学の先生がご病気になられました。病状は重く、昨日入院されて、今後皆さんの授業を受け持つことができなくなりました……」

あまりに突然のことで、クラス中が呆然となった。昨日の午前中、数学の先生の授業があったばかりだ。シュウナンの目の前に先生の面影が浮かんできて、とても悲しくなった。先生は若くて、たぶんようやく四十歳になったぐらい、とても穏やかな人だった。熱心なうえに、とてもまじめな先生で、いつもメガネをかけていたが、怒った時はメガネを取り、言うことを聞かない生徒の方を指して「わたしを怒らせるつもり」と言うくせがあった。

シュウナンの目から思わず涙がこぼれた。

ちょうどそのとき、ホウ・ダーミンが聞こえよがしに言った。

「よりにもよって、こんな時に病気になるなんて！　ぼくたちの数学はどうなるんだ？」

教務主任はホウ・ダーミンが言っていることを聞いていなかったのかもしれないし、あるいはもう、注意しても仕方がないと思ったのかもしれない、そのまま話を続けた。

「これから新しい数学の先生が来ますから、皆さんは言うことを聞くようにしてください。」

教務主任は教室を出て行った。

みんなは、ガヤガヤと話し始めた。いまのホウ・ダーミンの発言を責める者は誰もおらず、シュウナンは悲しいだけでなく心が寒々としていた。

ライ・シャオジュがそっと話しかけてきた。

「今日、放課後に病院に先生のお見舞いに行こう。ね?」

シュウナンはうれしくなってうなずいた。

数分後には、みんなは数学の先生のことはもう忘れてしまったようだった。勉強のできる生徒たちは、昨日見たテレビ番組のあらすじや主人公のこと、パソコンのこと、ネット上で見知らぬ誰かと友達になったことなどを、大きな声で話していた。

シュウナンは、この人たちはこの大切な時に、どうしてそんなに勉強以外のことをする時間があるのかなと、不思議に思った。そんなことは、シュウナンは考えたくもなかった。

ホウ・ダーミンが一番興奮していた。

「ネットのハンドルネームをチェンチェン(倩倩)ってつけたら、ぼくが女だと思いこんだやつがいて、メッセージをよこしてきたんだ、わたしたちの友情をもっと発展させましょうだってさ、アハハ、おかしいだろ?」

シー・ゴンが突然ダーミンに言った。

「そいつは男の子が好きなのかもしれないぞ」

ホウ・ダーミンはシー・ゴンをにらみつけた。

「シー・ゴン君、きみはネットが何だか知っているのかな? そんなことより、まずお勉強をちゃんとやらなくちゃ。今のところ、きみはまだネットをやる資格はないなあ……」

シー・ゴンは少しも動じることなく、にっこり笑って言った。

「おれ、ネットをやるって何のことかは知らんけど、電話回線が必要ってことは知ってるぞ。おまえんちには電話もないだろ、どんなネットをやるんだい? やっぱりインターネットかい、いや、魚獲り網《ネット》だろ?」

ホウ・ダーミンの顔がさっと赤くなった。みんなも笑うのをやめた。これはもう冗談ではすまされない。

たちまち教室の空気が凍りついた。みんな、静かに成り行きを見守っている。とうとう、ホウ・ダーミンが絶叫した。

「おまえ、うちに電話がないってどうやってわかるんだよ！　うちに電話がないってどうやってわかるんだよ！　これは誹謗中傷だぞ！　ねたんでいるんだな！」

「電話がないことは本人が一番よくわかっているさ」

シー・ゴンは冷ややかに言った。

「でたらめを言うな！」

シー・ゴンはもう何も言わなかった。戦場で爆弾を投げるのが任務なら、投げたら休む、というのと同じで、自分の役目は果たしたと思ったのだ。あとは硝煙が立ち込めようが、砲声がとどろこうが、お構いなしだ。

ホウ・ダーミンという生徒は、成績に関しては、優等生の中では振るわないが、できない生徒の中では優秀なほうだ。物知りという点ではクラスで一番で、世界に彼が知らないことは何もないように思える。ただし、一つだけ大事なのは、決して真に受けてはいけないということだ。

ホウ・ダーミンはほら吹きだ。誰かが何とかというブランドを着ていれば、すぐに自分のうちにもあるが、着て来たことがないだけだと言い、誰かの親が何かの専門の教授だと言えば、きっとどこかから親戚のおじさんを引っぱり出してきて、やはり専門の教授だと言った。誰かがフィールズ数学賞とやらを取ったという話をしようものなら、自分の親類はノーベル数学賞という実は存在しない賞を取ったなどと言う。

言い合いが終わってしまってからも、ホウ・ダーミンは力いっぱい口をとがらせていたが、それでも自分の家に電話があるのかどうか、はっきりとは言わなかった。

シュウナンはダーミンがかわいそうになり、シー・ゴンはやりすぎだと思った。

「ダーミンのうちに電話がないってどうして知ってたの？」

シュウナンは後ろを向いてシー・ゴンに聞いた。

シー・ゴンはそっと言った。

「全然知らねえよ。ただ、あの義理も人情もないやつをこらしめただけさ。数学の先生が元気だったときは毎日金魚のフンみたいにつきまとっていたくせに、病気になったとたん、あんなふざけたことを言いやがって！」

シー・ゴンがどうして今日はこんなにいやなやつだったのか、シュウナンはようやく納得した。

新しい数学の先生が、担任のリュウ先生に付き添われて教室に入ってきたので、戦いはとりあえず収まっていった。

11　新しい先生

新しい先生は中年の男の人で、名前は「シンです」と自己紹介した。

みんなは心の中で「おっ」と思った。新しい先生の名前が「新先生」とは面白い。

シン先生はこう話した。

「わたしの名前はシン、辛いという意味の「辛」で、新しい古いの「新」ではありません。これから皆さんの数学を担当します。大きな戦いが控えていますから、むだ話はしないで、すぐ戦闘態勢にはいりましょう！」

シン先生はとてもテキパキしている。今までこの学校で見たことがないから、別の学校から転勤してきたのに違いない、とみんなは断定した。そして、先生の学歴や知識の程度はどんなだろうなどと考える間もなく、先生は黒板に問題を二問、書き終えてしまった。

「この二つの問題は難しくはないですが、簡単でもないです。まず二分間考えて、そのあと誰か前に来て解いてください」

生徒たちは急いで計算用紙を取り出して解き始めた。

「では、誰か前に出て！」

シン先生はチョークで黒板をカッカッとたたいた。

誰も手を挙げない。先生は教卓の上にある座席表に目を落としながら言った。

「ガオ・シャンシャン、前に出て」

先生がこう言うと、クラスのみんなはすぐにピンときた。この先生は今来たばかりだけど、みんなの成績のことはもう知っているのだ。でなければ、どうしていきなりガオ・シャンシャンを指したりするだろう？

「えっ」

ガオ・シャンシャンは小さな声を上げた。シャンシャンはいつも、先生に指名されるとき、「えっ」と言って、意外そうな、ちょっと自信がなさそうな様子を見せる。でも実はもう、心の中で自信満々の答えを準備しているのだ。

ガオ・シャンシャンはやはり先生の期待を裏切らず、黒板の前で二、三秒じっとしたあと、さらさらと第一問目の回答を書き上げた。

シン先生は満足そうに言った。

「はい、よろしい。では、別の人に第二問目をやってもらいましょう。チュ・シュウナン、前に出て」

「あーあ」

クラス中のみんなが思わず「あーあ」と声を上げ、誰かがひそひそ話を始めた。シュウナンのことをわかっている先生が、このような状況でシュウナンたちを指名したことはない。シュウナンやその仲間を指名すれば、問題が解けなくて、みんなの時間を無駄にするだけでなく、本人も恥をかく。

シン先生は、やはり来たばかりで、完全にわかってはいなかった。勉強ができるのが誰かは知っていたけれど、誰ができないのかは知らなかったのだ。

みんなの視線がシュウナンの上に集中した。

シュウナンは、ちょうどあの「セミのペン」と一緒に第二問と格闘しているところで、先生が指名する声にも、クラスのみんなの視線にもまったく気づいていなかった。こういうとき、先生はいままで自分やライ・シャオジュを指すことはなかったからだ。それにすっかり慣れっこになっていた。

ライ・シャオジュがシュウナンのひじをつついた。

「シュウナン、先生が指したよ！」

シュウナンがあわてて頭を上げると、先生やクラスのみんなの視線が飛び込んできた。

「まだできていません」

シュウナンは急いで言った。

シン先生はシュウナンにやらせることにこだわっている。

「黒板のところでやっても同じでしょう」

ちょうどこのとき、シュウナンは手の中のペンが動くのを感じた。手から転がり落ちないように、大急ぎでしっかり握りしめると、ペンはもう一度むくっと動いた。シュウナンはドキドキしながら、ペンを手でそっと支え、紙の上で自由に書かせてみた。シュウナンの手が、まるで何かに取りつかれたように、すらすらと第二問目の最後の数式を書き終えたとき、ペンはびくともしなくなった。

この三十秒足らずの間、先生は目を細めて待っていた。そしてクラスのみんなは、シュウナンが問題を解いているふりをしているのだと思っていた。できないならできないって言えばいいのに、新しい先生の前だからって必死でカッコをつけているんだな。

「できましたか」

シン先生が、シュウナンが手を止めたのを見て声をかけた。

シュウナンはうなずくと、計算用紙を持って立ち上がった。

シュウナンが計算用紙に書かれた数式をチョークで黒板に書き写していく。全部書き終わらないうちに、シン先生はがまんできなくなって拍手をはじめた。

「すごい！　すばらしい！　このクラスのレベルがこんなに高いなんて！　二人を指したのは偶然なのに……」

みんなはもう先生の言葉など耳に入らず、自分の席に戻っていくシュウナンに目が釘付けになっていた。こんなことがあるなんて！　チュ・シュウナンはいったいどんな魔法の薬を飲んで、一気に頭が良くなってしまったんだろうか？

シー・ゴンだけがシン先生の言葉に反応して、席に戻るシュウナンを拍手で迎えた。

シン先生はみんなの様子を見て、このクラスの生徒には独特のユーモアがあると感じた。この子たちはこんなふうにクラスメートの成績をたたえるんだな。

シュウナンは黙って自分の席に座った。このときようやく、ビエン・ユーがくれたペンが特別な霊感を備えたもので、ペンというよりはむしろ生き物なのだと、完全に信じた。そして同時に、シュウナンは急に恐ろしくなった。この突然現れた、信じがたい神秘な力を持ったプレゼントを、どう受け止めたらよいかわからなかった。

シュウナンが頭を上げて、ガオ・シャンシャンを見ると、彼女の目には今までのおおらかさや優しさとは違う、今までシュウナンが見たことのないものが浮かんでいた。

シュウナンは思わずあのペンを手に取った。これが自分に幸せをもたらすのか災難をもたらすのか、まったく見当がつかなかった。だが、もう自分には選択の余地はない。

いま、シュウナンはこのペンの秘密を知りたくてたまらなくなっていた。

「シュウナン、どうしたの？」

耳元でライ・シャオジュの声がした。

シュウナンは我に返って、急いで答えた。

「なんでもない」

「今日はすごかったね！　ほんとに信じられない」

「自分でも信じられないよ……」

シュウナンはつぶやいた。

ライ・シャオジュが、シュウナンの「新しい」ペンに目を止め、手を伸ばした。

「シュウナンがこのペン使っているの、初めて見た！　ちょっと見せて」

「これ、前から家にあったやつだよ」

シュウナンは出まかせを言うと、しぶしぶシャオジュにペンを渡した。

「これ、セミじゃないの？　わあ、すごいきれい！」シャオジュはペンに彫られた模様をなでている。

「ほら、授業を聞かないと、先生がこっち見てる！」

シュウナンはさっとペンを取り返した。


放課後、シュウナンはビエン・ユーに会えたらいいなと期待して、三たび華大付属の校門に行ってみた。そして夕食の時間ぎりぎりまで待ってから、しょんぼりして家に帰った。

一週間が過ぎて、また歴史の先生の補習を受ける日が来た。

夜の十時過ぎ、ちょうどあの日ビエン・ユーが突然消えてしまったのと同じ時間に、ビエン・ユーがまたここに現れるのではないかと期待して、シュウナンはまたあの医院の入口に行った。

三十分が過ぎても、ビエン・ユーの影さえも見えなかった。シュウナンは誰もいない医院の入口に向かって、大声で叫んだ。

「ビエン・ユー、どこにいるの？」

医院の夜間受付のおじさんが飛び出してきて、シュウナンを見てびっくり仰天した。

「お嬢さん、こんなところで誰を探してるんだね」

シュウナンは知らん顔をして、叫び続けた。おじさんは、この子は頭がちょっとおかしいんだろう、と考えた。

おじさんはシュウナンに大声でどなった。

「嬢ちゃん、もう暗いから早く帰りな！」

シュウナンは我に返って、自分がひどくおかしなことをしていると気づき、慌てて逃げ出した。

後ろからおじさんのぼやき声が聞こえてきた。

「あの娘はいかれちゃったに違いない、家に見てくれる人もいないのかね……」

家の近くまで来ると、街灯の下に父さんと母さんが立っているのが小さく見えた。

シュウナンは急いで走って行った。

シュウナンが駆けてくると、母さんが怒って大声を出した。

「どこへ行っていたの？　あっちこっち探したのよ！」

「歴史の先生のところに行ってたんだってば」

「先生は、あんたはとっくに帰ったって言っていたわ」

「ずっとバスを待っていたけど、来なかったの！」

「どうして自転車で行かなかったの？」

「自転車は怖いから……」

この前の歴史の補習の帰りに、危険な目に遭ったことは、父さん母さんには話していなかったが、母さんはシュウナンの言い分に納得したらしく、ほっと息をついた。

「早く家に入ろう、お客さんがおまえを待っているぞ」と父さんが言った。

「わたしを？」

シュウナンは不思議に思った。

ライ・シャオジュとシャオジュのお父さんが、応接間に座っていた。シュウナンが入っていくと、シャオジュのお父さんはあわてて立ち上がり、「お帰り、お帰り」と何度も繰り返して言った。

ライ・シャオジュのお父さんは謙虚で温和な様子だし、それに顔つきも優しそうだ。外見だけを見ていたら、この人が怒りっぽくてシャオジュを殴ることもあるなんて、とても想像できない。

シュウナンはシャオジュのところに駆け寄って手を取った。

「どうしたの？」

シャオジュは自分の父親の顔を見た。

「いつ来たの？」

母さんが言った。

「晩ご飯の後すぐいらしたのよ、今までシュウナンを待っていたの」

シャオジュのお父さんは手を振りながら、

「気にしないで、気にしないで！　ちょっと外をぶらぶらして、シャオジュの買い物をしていたところですから」と言った。

「早く座りなさい、シュウナンに話したいことがあるんですって」

シュウナンは椅子に座った。みんなの視線が自分に向いているのを見て、緊張してきた。

何か重大な事件が起こったのだろうか。

「話というのは」

ライ・シャオジュのお父さんは両手を揉みながら話し始めた。

「こういうことなんです。聞くところによると、シュウナンは最近急に成績が上がったそうで……シュウナンとうちのシャオジュは特別の仲良しだから、いつもわたしにその話をするんですよ。……わたしは口下手ですから、思った通りに言っちまいますけどね……つまり、シュウナンは、もともとうちのシャオジュと同じぐらいの出来だったのに、今じゃこんなに成績がいい。ってことは、きっと、うちの子が見習うべきところがなにかあるんじゃないかと思ってね。ガオ・シャンシャンを見習えと言ったら無理ですよ、基礎が全然違うでしょ。でも、シュウナンの経験や勉強法なら、うちのシャオジュにも学べるんじゃないかと。今夜お伺いしたのは、シャオジュのために、シュウナンの経験を教えてやってほしいって思ったからなんです」

こんなに遅い時間になっても、シュウナンの父さんと母さんはまったくいやな顔をしない。ライ・シャオジュのお父さんが来て、事情を話した時、二人は心からうれしいと思ったのだ。シュウナンはいつも、人をお手本にして学ばなければならない子だったが、なんと今では人のお手本になっている。しかも勉強についてだ。この数日、シュウナンに変化が起こり、成績が上向きになっていることにはうすうす気づいていたが、こんなにはっきりそうだと言われたのは初めてだ。いままでは、二人もシュウナンにわけを聞いてみたいと思っていた。

シュウナンは何を言ったらいいのかわからなくて、困ったような笑顔を見せた。成績が上がっていないと言えば、ウソになる。でも、自分の経験を、人にどう見習えと言えばいいのだろうか。わたしは、とあるペンをもっていて、これさえあれば問題は全部解決しますと言うのだろうか。いや、それは言いたくないし、なんと言っていいかもわからない。この数日、夢の中にいるような、ぼんやりした感じだ。

まして、今日ライ・シャオジュとお父さんが来たのは突然だったので、心の準備が全然できていない。本当のことを言えば、自分でもこれはいったいどういうことなのか、わかっていないのだ。

「シュウナン、何か言いなさい。シャオジュのお父さんはわざわざ来てくださったのよ、それにシャオジュとは仲よしじゃないの」

母さんはあせっている。

その場に気まずい沈黙が訪れた。

「成績を上げるってのは容易なことじゃありません。シュウナンの成績が上がったので、うちのシャオジュも自分のことみたいに喜んでいるんです。でも、シャオジュの成績はいつも同じでまったく進歩がありません……」

シャオジュのお父さんの話を聞いて、シュウナンは悲しくなった。喜んで人の役に立ちたいのに、どうしたらいいのか全然わからない。

とうとう、こらえられなくなって、シュウナンはシャオジュのお父さんに言った。

「おじさん、このことはそんなに簡単に説明できないんです。わたしとシャオジュは仲よしだから、できるだけのことはしようと思っています。わたしたち、詳しいことは明日学校で話します。いいですか？」

ライ・シャオジュのお父さんは何度もうなずきながら言った。

「もちろんです、もちろん！　そう言ってくれるなら安心だ。本当にありがとう！」

12　鳳凰とのろまな鳥

新しい数学の先生が来た日から、シュウナンの成績はものすごい勢いで上がり始めた。最初は、シュウナンが自分で感じているだけだったが、だんだんクラスの誰の目にも明らかな事実になっていき、やがてクラスどころか、全学年の話題になった。

先生たちが成績の良い生徒のことを話すときは、ガオ・シャンシャンのほか、チュ・シュウナンのことも必ず話題にした。ガオ・シャンシャンの成績はいつも優秀なので当然のことであり、シュウナンの好成績のほうが、かえって注目を集めた。

シュウナンの成績が上がったのは、先生たちにとって奇跡だった。彼女の進歩がもたらした効果はシュウナン一人だけのものではなく、成績の良くない生徒たちを大いに勇気づけた。そのため、学校はガオ・シャンシャンよりシュウナンの方を、はるかに重視し、評価していた。

シュウナンのクラスでのポジションにも、はっきりした変化があった。みんながシュウナンを見るとき、そこにはもう同情や憐みはなく、感銘や尊敬のまなざしがあった。

シュウナンはもう、いわゆる「のろまな鳥は早めに飛び立つ」(1)ということわざの中の

「のろまな鳥」ではなく、「鳴かねばそれまで、ひとたび鳴けば人を驚かす」という鳳凰になったのだ。

中三のいわゆる「落ちこぼれ」の仲間たちは、シュウナンの進歩にとても力づけられていた。みんなは、これがきっかけでやる気を起こし、「自分はどうせ」とか「どうでもいい」といった消極的な態度が次第に消えていった。

いろいろな変化の中で、一番大きく変わったのはやはりシュウナンだ。シュウナンは、今まで経験したことがない自信が自分の中に生まれたのを感じ、突然、勉強が辛いものではなく、楽しいものだということに気づいた。

「学習はいくらやっても、方法がどんなに良くても、それだけでは役に立ちません。人間の学習とは、つまり悟りなのです。チュ・シュウナンはこの大切な時に、学習の真理を悟りましたな……」と、ある年配の先生がシュウナンを評価して言った。

「いや、それだけではありませんよ！　チュ・シュウナンは、もともと勉強熱心な生徒でもありました。彼女の進歩は、量的変化から質的変化への過程といえます」

校長先生は、シュウナンの成績向上をこう結論した。

年配の先生はあわてて、こう付け足した。

「わたしが申し上げたのはまさしくそういう意味です。質的変化への過程というのはつまり彼女の悟りの過程ということでして……」

校長先生は言った。

「全校大会で、チュ・シュウナンに話してもらうのはどうですかな」

年配の先生は「悟りというのはとても個人的なことで、わかったとしても言葉で伝えるのは難しいことです。シュウナンは話したくても話せませんよ」と言った。

たしかにこの先生の思う通りで、シュウナンは絶対にみんなの前で話そうとはしなかった。

校長先生がどうしてもわからないと思っていたちょうどそのとき、一通の匿名の手紙が届いた。

校長先生、こんにちは。

急いで報告したいことがあります。

チュ・シュウナンの成績は本当の実力ではありません。厳密に言うと、彼女がしているのは一種の不正行為です。

シュウナンの好成績は全部彼女のペンによるものです。わたしの推測では、シュウナンが使っているペンは非常に精密な機械になっていて、シュウナンはこのペンによって、どんな問題でも正しい回答を得ることができるのです。校長先生による調査を望みます。

真実を伝える生徒より

この手紙を読んで、校長先生はとても奇妙に思った。一本のペンが、そんなにものすごい機能を備えているだろうか。これこそ「荒唐無稽」というものだ。これは嫉妬深い女子生徒か、あれこれ想像するのが好きな男子生徒のいたずらだろう。しかし、校長先生もまた、シュウナンの例のペンをよく見たいという猛烈な好奇心にとりつかれてしまった。

シュウナンは物理の授業を受けているところだった。

担任のリュウ先生が来て、シュウナンにすぐに校長室に行くようにと言った。

「ペンを持ちましたか?」とリュウ先生が確かめた。

「はい」

シュウナンは、どうして先生がこんなにペンを気にしているのかなと思った。

校長室では校長先生、教務主任、それにリュウ先生の三人が、まるで面接試験のように、シュウナンと向かい合って座った。

校長先生は優しく話しかけた。

「何の授業だったんですか」

「物理です」

シュウナンは授業中に呼び出された理由がわからず、少し怖気づいていた。

「電気がいいかな……」

校長先生はもともと物理を教えていたので、本棚から一冊の問題集を取り出し、ページをめくって練習問題を指して言った。

「この問題を解けるかな。きみの学力をちょっと見てみたいんだ」

シュウナンは問題をさっと見た。大丈夫！　一昨日やったばかりだ。そしてペンを持つと、あっというまに答えを書いた。

校長先生は別の紙とペンを差しだして、「もう一度やってみなさい」と言った。

どうしてもう一度やらせるのかな、と不思議に思いながら、シュウナンは素早く問題を解いた。

校長先生は、今度は問題集の別の問題を示して言った。

「これはできるかな」

シュウナンはその問題を見た。さっきのより難しく、見たことはあるような気がするが、きちんとわかってはいない。ペンに助けてもらいたいと願いながら、まずは考えた通りに書き始めた。

インクが出ない。

シュウナンは考え方を変えてみたが、やはりインクが出ない。おかしいな、まさかこの問題はペンでも解けないのだろうか？

シュウナンは校長先生を見て言った。

「すみません。この問題はわかりません」

校長先生はまた別のペンと紙を持って来た。

「このペンを使ってみなさい」

シュウナンは首を振った。

「ペンや紙を取り換えても、だめなものはだめです」

校長先生は笑って、それ以上は無理強いしなかった。

そして、何気ない様子でこう言った。

「チュ・シュウナン、きみのペンは見事だね、ちょっと見せてくれるかな」

シュウナンはペンを渡した。校長先生は絶えず「すばらしい」と言いながら、ペンの軸をひねって開けたので、インクを吸入するタンクが丸見えになった。校長先生はそれを持って窓辺に行き、日光に透かして細かく観察した。教務主任とリュウ先生も一緒に行って確かめた。

ふと、シュウナンは気づいた。校長先生はペンを疑っている。そしてさっきの問題はペンが解けなかったのではなく、解きたくなかったのだ。もし解いてしまったら、校長先生がシュウナンに別のペンや紙を渡して、もう一度やらせるだろう。そして、できなかった場合には、ペンの秘密が明らかになってしまう。

シュウナンはただ心臓をドキドキさせるばかりだ。

「これはまったく普通のペンだ」

校長先生はペンをシュウナンに返して、がんばりなさいと言うと、授業に戻らせた。

シュウナンは安心してほっと一息ついた。

教室に戻ると突然、ガオ・シャンシャンが異様な目つきでこちらを見た。

シュウナンの心臓はその瞬間、またドキリとした。

シュウナンのペンに関心を持っているクラスメートが、もう一人いた。シー・ゴンだ。シー・ゴンの家は金石工芸を家業にしているので、家じゅうにあるいろいろな彫刻や印鑑、書画に、小さいころから親しみ、興味を持っていた。シュウナンのペンの表面は、真っ先にそんな彼の目に留まった。

授業が終わると、シー・ゴンが話しかけてきた。

「やあ、おまえのペン、見せてくれよ」

「なんで?」

シュウナンはびくっとして、思わず身構えた。最近、どうしてこんなにたくさんの人がペンを気にするんだろう。

「そんなに身構えなくてもいいじゃないか、おれに譲れって言っているわけじゃないし」

シュウナンはしぶしぶペンをシー・ゴンに渡した。

「気をつけてよ！」

シー・ゴンは不思議そうにシュウナンを見て聞いた。

「なんでだ？　ただのペンじゃないかよ」

シー・ゴンがこのペンを触ってまず感じたのは、少し重く手ごたえがあり、冷たくて、どうやらプラスチックではなさそうだということだった。金属だろうか。だが表面の光沢や彫刻された図案を見ると、絶対違う気がする。石を彫刻したものかもしれないけれど、もしそうなら、これは普通の石ではなさそうだ。

シー・ゴンは、普通の石にこんなふうに彫刻ができないことを、よく知っていた。少なくとも、印鑑を作るときに使うような石でなければならず、硬いだけでなく、きめ細かさも必要だ。多くの石は硬くはあるが、とてももろい。ものすごくきめの細かい石もあるにはあるが、木材みたいになってもだめだ。

シー・ゴンはペンに彫られた白いセミの体や黒々とした目をつぶさに観察し、さわってみて、透きとおるような光沢や生き生きとした姿に夢中になってしまった。今まで、離れたところから見ていたときにはただのペンだと思っていたが、こうして手に取ってよくよく見ると、ありふれたペンとはまったく違っていることがわかる。この黒い目ははめ込んだものではなく、石が自然にこのような形になったものらしい。それが腕の良い職人の加工によって、驚くべき効果を生み出している。

石をどんなによく磨いたとしても、こんなに柔らかな光沢は出せっこない。

その瞬間、シー・ゴンは、これは玉《ぎょく》で作られているのではないか、と思い当たった。

もし、これがガラスだったら、光沢はもっとどぎつく、ギラギラするはずだ。

もしペンでなく筆だったら、シー・ゴンは、これは出土文化財だと思っただろう。残念ながら、ペンにはそんなに長い歴史はないので、出土文化財はありえない。

シー・ゴンはこれを持ち帰って、何で作られているのか、おじいさんに見てもらいたいと思った。もしガラスでできているなら、これはただの「ガラス細工」だが、もし玉でできていたら、本当のお宝だ。

さすがのシー・ゴンも、こればかりは、おそるおそる聞いてみた。

「シュウナン、このペンを家に持って帰ってもいいかな。明日の朝返すから」

「だめ」

シュウナンはシー・ゴンの手からペンを取り上げて言った。

「こわさないって絶対保障するよ、そっくりそのまま返すからさ」

シー・ゴンは頼み込むように言う。

「それでも、いや」

シー・ゴンはあせり始めた。

「じゃ、いっしょにうちに来て、おじいちゃんにペンを見せるとき、シュウナンが自分で渡すんだったらいいかな？」

シュウナンは、そっと、けれど決然として、首を横に振った。

そのとき、クラスのみんなが二人を取り囲んで、一斉に言い立てた。

「シュウナン、そのペンがそんなに大事なのか。どうしてそこまでケチなんだ？シー・ゴンはおまえに良くしてるのに。もし自分だったら、あなたがそんなに好きなら、差し上げますって言うけどな」

シュウナンは黙って、ペンをポケットに押し込んだ。

シー・ゴンの目つきが暗くなった。まさかシュウナンが、こんな仕打ちをしてくるとは思っていなかったので、自尊心がひどく傷ついてしまった。そして独り言を言った。

「あーあ、ほんとに、羽振りが良くなると態度が変わるんだな」

シュウナンは、シー・ゴンが言っていることがよくわかっていた。だけど、このペンを貸してあげることなんかできない。わがままなんかではなく、ただこれが大切すぎるというだけだ。シュウナンはとても辛かったが、どうぞと言うことはできなかった。

ライ・シャオジュが突然立ち上がって助け舟を出すように言った。

「みんななんてこと言うのよ、自分のペンをどうしようと自分の勝手でしょう、人に貸さないからってケチ呼ばわりするもんじゃないわ。みんな寄ってたかって無理難題を押し付けるなんて！」

ガオ・シャンシャンが、冷たく言い放った。

「あんたの成績はシュウナンみたいに上がってないくせに、その態度は何なの？」

シュウナンはふと顔を上げて、ガオ・シャンシャンの目をじっと見た。シャンシャンはふだんこんなふうにものを言わないのに、今日はどうしてこんなにとげとげしいのだろう。突然、父さん母さんが言っていた言葉を思い出した。「嫉妬もエネルギーなんだよ、ものすごいエネルギーだ」

二人はこうして見つめあった。どちらも目をそらそうとも、うつむこうともしない。

シュウナンは、小学校に入ったころ、みんなでいつもこんな遊びをしていたのを思い出した。——二人が互いに見つめ合って、目をそらしたり、笑ったりせずに、がまんくらべをする。先に笑った方が負けだ――。大きくなった今、もしこんなふうににらめっこをしたとして、どうしたら笑えるんだろう。

シー・ゴンはさすがに、急に手を振ってこう言った。

「何してるんだよ？　いまのは冗談だから、ギスギスするなって」

みんなはやっと自分の席に戻ったが、心の中では気まずい感じがしていた。

（1）出来が良くない人は早めに仕事を始めることのたとえ。

13 市場

一回目の模試の余韻が消えないうちに、第二回模試の戦いの火ぶたが切られようとしていた。生徒たちがピリピリし、必死で準備しているころ、校長先生や教務主任の先生たちもあれこれと知恵を絞り、学校の未来を綿密に構想していた。

一つの中学・高校[1]が数ある学校の中でトップクラスに入るには、先生の力量のほか、優秀な生徒もきわめて大切だ。ある意味、これが学校にとって決定的な働きをする。

優秀な中学生の獲得は、高校のレベルを保証する重要なポイントなのだ。

そのためには、積極的な手を打たなければならない。中等部の生徒が高校に出願するとき、優秀な子をわが校の高等部に残しておこう。

第二回模試の三日前に、校長先生はまた、中等部三年の生徒と保護者を集めて集会を開いた。「当校の教育レベルはかなり高いところにあります。そこで、わたくしたちはこの第二回模試の成績の上位百名の生徒に対して、今後の「全市進学試験[2]」の成績にかかわらず、当校高等部への推薦入学を保証することにしました。」

校長先生ははっきりと誓約をした。

話が終わると、会場ではガヤガヤと議論が始まった。何が何でも華大付属を受けたいと思っている生徒とその保護者がまったく関心を示さなかったのを除けば、ほぼ全員が賛成した。貴重なチャンスを一回多くもらえるのは間違いないからだ。

ある保護者が、とうとう立ち上がって言った。

「それでは、わたしたちはもうほかの学校を受けられないということでしょうか？」

校長先生は寛大そうな笑顔で答えた。

「皆さん、どうぞ誤解しないでください、上位百名に入ったとしても、もしほかの学校を受験したい場合は、本人の希望を尊重いたします」

また別の保護者が立ち上がった。

「もしうちの子が百一番目だったら？」

校長先生はまたにっこりして言った。

「もし市の平均と比べて、確実に成績が優れていれば、当校の高等部へ推薦します。百五十名推薦するかもしれません。すべては試験のあとで決定します」

会場から、熱烈な拍手が湧き起こった。

この集会の後、第二回模試の重要性は以前の二倍になった。メリットは言うまでもない。成績の良い生徒たちには保険をかけることになり、そうでない生徒たちにも滑り込むチャンスができたのだ。


帰り道、ライ・シャオジュとシュウナンは、いつかセミを見つけたあの木の下に、またやってきた。

シュウナンは木のこずえを見て言った。

「あのときわたしたちが拾ったセミ猿はどうなったかな」

「さあね、上の方に歌いに行って、わたしたちのことなんかもう忘れちゃったよ」

ライ・シャオジュが恨めしそうに言った。

シュウナンはライ・シャオジュが何か言いたそうなのに気づいて、シャオジュの肩をたたいた。

「どうしたの？」

「シュウナンも成績が良くなったから、かまってくれなくなったよね」

「なんでそんなこと言うの？　わたしたちは今も昔も変わらないでしょ」

シュウナンは不思議そうに聞いた。

ライ・シャオジュはシュウナンの手をつかんで言った。

「シュウナン、助けてちょうだい」

「どうやって?」

「教えて。何かいい方法はないの?」

シュウナンには言葉がなかった。シャオジュがお父さんと一緒に家を訪ねてきて以来、シュウナンはものすごいプレッシャーを感じていた。

そのプレッシャーは今も減ることはなく、それどころかますます重くなっていた。シャオジュのお父さんの言うとおり、もともとは二人とも成績が悪かった。シュウナンはいま、自分の成績が一気に良くなったことで、突然友達を裏切ったような気持ちになっていた。もしガオ・シャンシャンの成績が悪かったとしても、まったく関係ないけれど、ライ・シャオジュは違う。なんともいえないやましさが、シュウナンを不安にさせていた。それで、シャオジュが正面からいい方法がないかと聞いてきても、どう答えたらよいか本当にわからなかったのだった。

どうしたらライ・シャオジュの力になれるだろうか。考えるのを助けてくれる不思議なペンを持っているなんて、シャオジュに言えるだろうか?ビエン・ユーのささやきが耳の中に響きわたって、彼のことはどうしても一切口に出せなかった。

「どうして黙ってるの」

ライ・シャオジュが、ぼうっと突っ立ったままのシュウナンに声をかけた。

「わたし、どうしたらシャオジュの力になれるか、本当にわからないの」

シュウナンは辛そうに答えた。

「どうして、急に勉強ができるようになったの？」

「それは……それは、最近、よく考えるようになったの。一問を解くのに半日とか。間違いを直して、また間違ったら直してって。そうしたらだんだんできるようになって……前より間違いが減ったの」

「そんなの当り前じゃない」

「ほんとに、それ以上なんて言ったらいいかわからないの」

二人はそれっきり口をつぐんでしまった。

さよならを言う場所まで、二人はそのまま黙って歩いてきた。この三年で、この道がこんなに長いと思ったのは初めてだった。

ホウ・ダーミンは、もともと放課後まっすぐ家に帰らず、またスポーツにも課外学習にも参加せず、学校の近くの市場をぶらぶらするのが習慣になっていた。

この市場は、もとは校門の前の通りにあったのだが、学校の校門から五十メートル以内のところに露店を出してはならないという市当局の規定ができたため、学校と平行に並ぶ通りに移動させられたものだ。けれども、学校から五十メートル離れても、生徒たちはまったく変わらずに、ごひいきにしていた。

市場ができた最初のころは、主に鶏や鴨、魚に肉、野菜や果物などを売っていたが、そのうち、露天商たちはいつもここを通る生徒たちをターゲットにするようになった。それで、鶏や鴨を売っていた屋台はグリーティングカードやかわいいギフトグッズを、果物の屋台はアイスや飲み物を、野菜の屋台は芸能人の写真やＣＤ、カセットなどを売るようになった。

つまり、ここには中学生や高校生が欲しがるものは、なんでもあった。

このようにして、生徒たちはここを通り過ぎるだけでなく、大事なお得意さんになった。生徒たちは喜んだし、露天商たちはもっと喜んだ。実に簡単に、みんなのお財布を緩めさせることができたからだ。

特に注目すべきは、ある小さな本屋だった。そこでは、いろいろな参考書や漫画本のほか、各種の試験問題を扱っていた。ある試験の問題は編集されて本の形で、まだ編集が間に合わないものはバラの状態で売られていた。最近行われたばかりの第一回模試の試験も、午前中に終わって、午後にはもう問題が売り出されていた。その早いことといったら、学校の先生たちも舌を巻くほどだ。

生徒たちがよその地区の第一回模試の問題を手に入れてやってみたいと思ったら、六元を出すだけで、六ページを一冊に綴じた、きちんと印刷された試験問題を手に入れることができた。

「やあ、学生さん、試験問題を探してるのかい?」

ホウ・ダーミンの後ろで誰かが話しかけた。

ダーミンが振り向くと、いかにも商売上手そうな中年の男の人が手招きしている。背中には大きなリュックを背負っていた。

「何の問題だって?」と、ダーミンが聞き返した。

「何の試験問題が欲しいかい?」

ダーミンは買う気はまったくなかったが、好奇心から聞いてみた。

「どんなのを持ってるの？」

「きみが欲しい試験問題なら、何でも持っているさ」

ダーミンが冷ややかに返した。

「じゃ、今年の高校と大学の入試の問題もあるのかな？」

「お金があるならね」

「よせよ！　まだ先生たちがどんな問題を出すか考えてないのに、どうやって問題を仕入れてくるんだよ」

このとき、一人の若者が男の人の目の前にやってきて、肩をたたくと、耳元で何かをささやいた。

男の人の目が一瞬ぎらりと光った。そして、ホウ・ダーミンにはかまわず、その若者と一緒に隅の方へ行ってしまった。

ダーミンは二人の様子を見ていた。どうやら値段を交渉しているらしい。やり取りはだんだん激しくなっていき、最後に男の人が仕方なさそうにうなずくと、ポケットから紙幣を一束取り出した。

ダーミンは飛び上がってしまった。見たところ、あのお金は一千元ぐらいありそうだ。いったいどんないいものを買ったんだろう。そんなに高いものってなんだ？　骨董品の転売か、でなきゃ、何かの書画かな？

ダーミンの目は二人に釘付けだ。

若者は自分のかばんから何かを取り出した。それは白い紙のようなもので、何十枚もあった。書画などではない。ホウ・ダーミンには、それが試験問題だとわかった。わあ、試験問題ってこんなに高いものなのか？

若者は現金をかばんに入れると、試験問題を男の人に手渡し、あわただしく立ち去った。そして男の人は、急いでそれを自分のリュックに押し込んだ。

男の人は顔を上げると、ホウ・ダーミンの目を見て、意味ありげな笑いを浮かべた。もうダーミンと取引するつもりはないと言っているようだ。

好奇心を抑えられなくなったダーミンは、男の人のそばへ行った。

「今の、何？」

ダーミンはわざと何気ないふうを装って聞いた。

「あんたには関係ないものさ」

「試験問題だろ、全部見てたぞ！」

「これはそこらの試験問題とはちがうんだよ」

「どんなふうに？」

「教えてあげてもあんたには買えないだろ」

男の人は言いながら、左右を見まわしてから、ホウ・ダーミンの耳元でささやいた。

「今年の高校入試の試験問題さ」

ホウ・ダーミンはびっくりぎょうてんだ。

「そんなわけないよ。あれは重大秘密なんだ。どうしておじさんが手に入れられるのさ」

「いま来たのは印刷工場の人でね」

ダーミンも、このときはまだ頭がしっかりしていた。

「印刷工場の人だって、そんなにたくさんの問題を持ち出せるわけないよ」

「ばかだな、これは本物じゃなくて、コピーだ」

男の人はリュックを開け、一枚取り出してダーミンの目の前でちらちらと見せながら言った。

ホウ・ダーミンの胸は猛烈にドキドキしはじめた。もし、本当に高校入試の試験問題だったら、あこがれの華大付属にこっそり合格できるんじゃないだろうか。

「一枚いくらですか」

ダーミンの声はちょっと震えている。

「一枚百元、セットで六百元。もし欲しいなら五百元にしてやるよ」

「何言ってんだ、普通は一枚一元だぜ」

「一枚一元のやつとこいつを比べるなんて、何言ってんだとはこっちの言い分だ。寝ぼけるなよ」

「そんな大金もってないや」

「いくら持ってるんだ?」

「全部で百元」

「じゃあ、二枚で百元売ってやろう。どうだい?」

またまた激しい値切り合戦が始まり、最後にホウ・ダーミンが八十元を払い、いわゆる「苦手科目」(数学と物理)の二枚を買うことで話がついた。

「もし偽物だったら?」ダーミンは振り返ってもう一度聞いた。

「もしそうだったら、わたしのところに来れば、一銭残らず返してやるよ」

男の人は請け合った。


家に帰ってから、ダーミンは事のいきさつを詳しく父親に話した。

もともと、この百元は安売りのラジオを買うために父親からもらったものだった。

話が終わる前に、ダーミンの父親は椅子から飛び上がって言った。

「この大ばか者！　印刷工場の工員は、こういう試験を印刷している間は、家にも帰れないんだぞ」

「もし別の方法で盗み出そうとしたら？」

ダーミンは少し罪の意識を感じたが、強がって言い返した。

「もし本当なら一千元はするだろう。これはインチキだな」

「だって、そのおじさんが若い人にお金をたくさん払っているのを見たよ！」

「おまえにわざと見せつけたのさ。そいつらはグルなんだ、わからんのか」

父親はダーミンを連れて、大急ぎで市場へと向かった。悪者たちを捕まえなければ！

しかし、二人が市場に着いたとき、彼らはすでに行方をくらましていた。

その晩、ホウ・ダーミンはくやしさの絶頂にあり、一睡もできなかった。これは今までの人生で最大の損失だ。

やがて空が明るくなるころ、ダーミンの気分はようやく落ち着いてきた。損を取り戻すすばらしい方法を思いついたのだった。

（1）中国の学制では、中学が初級（日本の中学に相当）三年と高級（日本の高校に相当）三年に分かれていて、高級中学入学前に試験がある。ここでは中学・高校、同じ学校の中では中等部、高等部と呼んでいる。
（2）本番の入試の名称。市内共通の試験が行われる。

14 第二回模試

次の日学校へ行くと、みんなはホウ・ダーミンの様子がいつもと違うのに気づいた。午前中ずっと、先生の話はほとんど聞かず、休み時間も休まず、まじめに、そして必死になって、何かの試験問題に取り組んでいた。右手は絶えず書きまくり、左手は、見えたら困るとでもいうように問題用紙を隠して、おまけにしょっちゅう本を調べたり、誰かに「ちょっと教えて」と言ったりしている。

業間体操の時間までに、全員がホウ・ダーミンの秘密に気づいていた。情報化時代、誰もが情報の大切さを知っている。まして、何より大事な試験を控えた非常時なら、なおさらだ。

「ダーミン、何の試験問題だい、ちょっと見せろよ」

ダーミンはいかにも困ったというふりをして答える。

「べつに、ただ適当にやっているだけさ」

「ダーミン、自分だけずるいぞ、見せろよ」

ダーミンは「欲望を利用する」作戦をとった。もうおしまい、「どうしてもと言われ

て」引くに引けないという顔で、カバンの中からうやうやしく二枚の試験問題のコピーを取り出し、

「三元だ、秘密だぞ」

と言った。

その生徒はためらいもせずダーミンに三元を払い、机におおいかぶさって「勉強」を始めた。

模試の前日、クラスのみんなはまるで熱い鍋の上のアリ、でなければ頭をもがれたハエのような大騒ぎになった。

ホウ・ダーミンが持っている秘密の試験問題のことは、あっというまにクラス中に知れ渡り、問題を買いたい「アリ」や「ハエ」たちが次々とダーミンのところに集まってきた。何の試験問題なのかを尋ねる者は誰もおらず、みんな、ただ、何かとても意味ありげなものだという雰囲気を感じていた。

ガオ・シャンシャンはもともと買う気はなかったが、万が一にも何か重要なことを逃してはならない、と思うとやはり買ってしまった。

午後の一時限目が始まる前には、およそクラスの全員がそれを手にしていた。本来、

午後の授業はなく、家に帰って休養し、明日の模試に備えることになっていたが、みんなは残ってホウ・ダーミンの試験問題に取り組んでいた。誰もが黙々とやっているなか、ライ・シャオジュだけが絶えずシュウナンに質問するのに大忙しだった。シュウナンは自分が一問解くたびに、シャオジュに詳しく教えてあげなければならなかった。教えて教えて教え続けているうちに突然、シュウナンは自分が本当に「わかり」、今やあのペンの助けを借りなくても、一つ一つの問題をすらすらと解いていることに気づいた。

この、わけのわからない緊張した雰囲気に影響され、シー・ゴンもふらふらとしてはおられず、最後の最後に試験問題を買った。

ホウ・ダーミンは声には出さなかったが、心の中ではホクホクしていた。クラスは五十人、ダーミンは全部で四十九人分コピーをして、手元にコピー代を差し引いた正味六十数元が入って来たのだ。

シー・ゴンは突然何を思ったか、さも自分は部外者であるかのように、こう言いだした。

「おれたち、何をやってるんだろう？　まるでこれが明日の試験問題だっていう感じだな。ホウ・ダーミン、おまえはまったく、「ホウ・ショウニン」だぜ」

クラスのみんなはビクッとした。そしてホウ・ダーミンの試験問題を全員が持っていることに気づき、ようやく我に返った。

ホウ・ダーミンは本当に抜け目がないとみんなが思ったのは、言うまでもない。

ダーミンは内心やましいところがあったので、急いで立ち上がって言った。

「やい、なんてこと言うんだよ、ぼくが買わせたんじゃなくて、みんながぼくに買いたいって言ったんだよ。それに、こういう問題をやってみるのも、悪いことじゃないだろ」

みんなはどっと笑い、教室の張りつめた雰囲気が消え去った。ほとんど全員が問題をやり終え、これでもう復習はできただろう。そして、みんなはカバンを持って次々と教室を出ていった。帰りのおしゃべりの話題は、ホウ・ダーミンはとても頭の回転がよく、それとは知らずクラス全員を相手に商売をやってのけた、という話だった。ダーミンが将来仕事をするなら、きっとやり手のビジネスマンになるにちがいない。

「ベニスの商人だな」

「そんなことないよ……」

明くる日の朝、第二回模試が始まった。一時限目は数学だ。みんなは緊張した面持ちで、試験監督の先生が持っている大量の問題用紙を見つめている。見るからにぶ厚く、二時間で全部解くなんてとてもできそうにない。

問題が配られたとき、みんなはあっけにとられ、そのうちの一人は思わず声を上げた。

多くの生徒がこらえきれず前後左右をちらちらと見たが、目に入ったのは「わかっている」という顔ばかりだ。

配られた問題は、昨日ホウ・ダーミンがみんなに売ったあの問題用紙とまったく同じものだった。違うのは、昨日のものには「第二回模試」の表示がなかったことだけで、昨日のは写し、今日のが原本というわけだ。

試験監督の先生以外の全員がこのことに気づき、驚きと喜びが教室に満ちわたった。

一番驚いたのはほかでもないホウ・ダーミンで、自分が買った試験問題が高校入試の問題ではなかったにしても、よもや第二回模試の問題だとは夢にも思っていなかった。そしてこれは大変なことだと思った。もしそうだと知っていたら、問題をコピーしてクラスで売るなんて絶対にしないで、一人でこっそり勉強すればよかった。もしそうだと知っていたら、もっとお金を出してもいいから六科目全部の問題を買っておけばよかった。なんとバカなことをしたのだろう。ダーミンの手はぶるぶる震えるばかりで、ペンをしっかり持つこともできない。一瞬、頭の中が真っ白になり、間もなく何か災難が起こるのではないかと、恐ろしくなった。

教室に、風に吹かれる木の葉のようなさらさらという音が流れた。ダーミンには、解いたことがあるこれらの問題は、もう考える必要はなく、ただ答案用紙に書けばいいとわかっていた。この件に関しては、クラス全員が優等生だ！

ホウ・ダーミンの気持ちはだんだんと落ち着いてきた。第二回模試は高校入試とは違って、ただの重要な練習に過ぎない。だから、厳重に秘密を守る必要はなく、印刷工場から盗み出すことができたとしても、重大な不法行為とはいえないだろう。学校が第二回模試を、成績優秀な生徒を選抜する試験にするというのは、学校が独自に決めたことに過ぎないから、ぼくが責められることはないさ。

落ち着いてきたら、手の震えも止まった。ダーミンが後悔しているのはただ一つ、損をしたお金を取り戻そうとして、クラスにこの大事な秘密を公開してしまったことだ！

ああ、今さらいろいろ言うのはやめよう。クラスの全員が、ぼくに特別に感謝してくれるだろう。みんなだっていい目にあったのだから。

数学の試験が終わった。多くの生徒が喜びを隠せなかったが、みんな心の中では人知れず、これは穏当ではないという気持ちも抱いていた。またガオ・シャンシャンのような生徒たちは内心くやしいと思わざるを得なかった——自分が優秀な成績を取るのは当然のことだけど、ライ・シャオジュのようなできない子も高得点を取れるというのは、タダ乗りもいいところだ。みんなやったことがあるのは数学と物理だけというのがせめてもの救い、そうでなければクラスの成績に差がつかなくなってしまうところだった

——

だが、いずれにしても、客観的には、勉強ができる生徒もそうでない生徒も、この試験ではクラスの全員が得をしたのだった。

三日間の戦いが過ぎ、第二回模試は無事に終わった。すべてがいつもどおりなので、みんなは密かに喜び、わずかに抱いていた不安な気持ちもどこかに消えていった。七、八人の日ごろ勉強ができない男子生徒はホウ・ダーミンを囲んでおいしいものを食べに行きさえした。

しかし、みんなは校長先生をはじめとする先生たちの力を見くびっており、まさか、このことで重い代償を払うことになろうとは思ってもいなかった。

模試が終わった日の晩、シュウナンの家の電話が鳴った。電話の向こうで、ライ・シャオジュが何も言わないまま泣きはじめた。

「シャオジュ、どうしたの。ゆっくりでいいから話して」

「ちょっと出て来て。シュウナンちの階段の下で待ってる」

言い終わると、電話が切れた。

シュウナンは階段を駆け下りた。シャオジュはまだ来ていない。シャオジュの家からここまで、どう急いでも十分はかかる。

シュウナンは、シャオジュの身に起こりそうなあらゆる災難を想像してみた。お父さんがまた殴ったのだろうか？　でも、まだ成績はわからないはずだ。もし結果がわかっても、たぶんシャオジュにとって今までで一番いい点数のはずなのに。いったいどうしたんだろう。あんなに思いつめて！

ライ・シャオジュが駆けて来た。泣いたあとも、悲しそうな様子もなく、ただ不安と恐怖だけが見て取れた。まるで、チンピラに追いかけられて逃げて来たみたいに。

二人は家の前の小さな公園へ行った。シャオジュはベンチに腰掛けると、わっと泣き出した。

「シュウナン、どうしよう、わたし全部言ってしまったの……」

「え？」

一瞬、シュウナンには何のことだかわからなかった。


第二回模試の採点が終わらないうちに、採点担当の先生、特に数学の先生と物理の先生は、何かがおかしいと感じた。シュウナンのクラスだけ、どうしてこんなに成績が良いのだろうか。二人の先生はすぐ、校長先生に報告をした。

校長先生は不思議に思ったが、それでもはじめは、大喜びをしていた。生徒たちの成績がこんなに短い間に急に上がるとは、実にうれしいことではないだろうか。しかし、答案を詳しく調べた後、これは集団不正行為が発生したのだと直感した。特にライ・シャオジュのような、成績の良くない生徒、ふだんは数学や物理の試験で六十点前後を行ったり来たりしている生徒が、なぜ今回九十点も取れたのだろうか。教師としての長年の経験が、これは怪しいと教えてくれたのだった。

放課後、校長先生と担任のリュウ先生は、ライ・シャオジュを密かに校長室に呼び出した。そこには数学と物理の先生も来ていた。

校長先生は何気ない様子で話し始めた。

「ライ・シャオジュ君。あなたは今回の模試で大変成績が上がりましたね。特に物理と数学で……」

「はい……」

シャオジュは恐る恐る答えた。校長室に来たのは今日が初めてだ。しかも、こんなにたくさんの先生が一度にこちらを見ている。

「その理由を説明できますか?」

「わたしは人の答えを写してなんかいません……」

シャオジュはどうしてこんなことを言い出してしまったのか、自分でもわからなかった。とにかく、先生たちが恐ろしかった。

「人の答えを写していないのなら、いったいどうしてなのですか?」

シャオジュは何も言えず、ただただ怖がっていた。

「本当のことを言いなさい。あなたのふだんの成績から考えたら、こんないい点数を取れるわけがありません」

物理の先生が単刀直入に決めつけた。

「本当です。人の答えを写しても、本を見てもいません。本当に自分でやったんです」

「でも、何かあるはずよね？」

担任のリュウ先生が口を開いた。

「ライ・シャオジュ、先生たちはね、あなたは成績はあまりぱっとしないけれど、とても良い生徒だと思っているのよ。だから、本当のことを言ってほしいの」

その場がしんとなった。けれど、この沈黙は火のように熱く、シャオジュを苦しめた。いい成績が取りたいと、いつも心から願っていたけれど、結局成績が良かったために、思いもよらない災難が降りかかってきたのだ。

シャオジュは胸が詰まり、苦しくて息を吸うことさえできないと思った。いま、望んでいることはたった一つ、この部屋を脱出して新鮮な空気を吸うことだけ。

「試験の前に、この問題をやっていたんです……」

シャオジュは小さな声でつぶやいた。

先生たちは互いに顔を見合わせた。

「どこで?」

先生たちは少しも容赦しない。

「試験問題を持っていたんです」

「それはどこにあるんだ?」

どんどん追い詰めてくる。

「うっかり、なくしてしまいました」

「あり得ない!」

「クラスのみんなもやっていたのに、どうしてわたしだけ……」

シャオジュは声を立てずに泣き出した。

先生たちはもう一度顔を見合わせた。事情はわかった。今回の試験問題は、事前に漏れていたのだ。

シュウナンはライ・シャオジュの腕をとって慰めた。

「泣かないで」

「わたし、どうしたらいい？」

シャオジュはか弱い赤ん坊みたいに、泣きはらした目でじっとシュウナンを見つめた。

「問題をホウ・ダーミンから買ったことも話した？」

シャオジュは首を横に振って言った。

「ううん。それはまずいと思った」

シュウナンはうなずいた。

「言うほうがよかったかな？」

「わたしにもわからない」

「シュウナンだったら言った？」

「もしシャオジュが言わなくても、成績が急に良くなったら、先生たちはなにかおかしいと思ったんじゃないかな。でも、校長先生に呼ばれたことは、絶対にみんなに言っちゃだめだよ」

シャオジュはうなずきながら言った。

「シュウナンだって、もとは成績が悪くて、いまはすごく良くなったのに、どうして先生に疑われないのかしら。先生はなんでわたしだけ呼び出すのかな。本当についてない……」

シュウナンには、シャオジュを慰める言葉がなかった。もし自分が同じ目にあったら、どうしていいかわからなかったからだ。

「きっと、先生たちが調査をすると思う、呼び出される子が増えたら、シャオジュもなんでもなくなるよ」

この言葉がシャオジュには効果があったらしい。

シャオジュは泣くのをやめて「そうかな？」と聞いた。

「そうだよ」

この時、シュウナンは自分にしっかりつかまっていたシャオジュの手から、力が抜けていくのを感じた。いましがたの動揺から、立ち直ってきたようだった。

15 密告者

その次の日の朝、校長先生が険しい表情で教室に現われ、教壇に立った。ちょうど数学の授業の準備をしていた生徒たちは震えあがり、何か重大な事件が起こったと察した。本来数学の先生が立っているはずの場所に、校長先生が来たことから、多くの生徒は、その理由にも見当をつけていた。

「今日ここに来たのは、第二回模試で起こったことについて話すためです。ありのまま、単刀直入に言いますから、よく聞きなさい！」

校長先生は厳粛な、そして悲痛な口ぶりで、一言一言が生徒たちの心を揺さぶるように話した。

「先生方が緊急に調査をしたところ、このクラスの皆さんが今回の試験の前に数学と物理の問題をすでに解いていたことがわかりました。皆さんのうちの誰が問題を事前に盗み見たのか、あるいは何らかの方法で手に入れたのかは、今後詳しく調査する必要がありますが、しかし、これはクラスぐるみの集団不正事件です。皆さんの成績は本当のものではありませんから、わたくしは学校を代表して、このクラスの数学と物理の成績を無効とすることを宣告いたします」

教室はしんと静まり返った。こんな都合のいい話がいつまでもうまくいくはずはない、と前から思っていた生徒もあった。けれど、まさかのまさか、罰がこんなに早く下されるとは！

校長先生は続けた。

「わたくしは、今回の試験の成績を、高等部への推薦の条件にすると話しました。しかし、このような事件が発生したため、学校は皆さんの学力を判断することができず、想定外の困難な状況となりました。これから、皆さん一人ひとりにいつ、どこで、誰からこの問題を手に入れたのか、詳細な状況を書いていただきます。わたくしたちはその結果をもとに関係する生徒への厳重な処罰を決定し、あわせてこのクラスに再度選抜テストを行うかどうかを判断します。」

一人ひとりに白い紙が配られた。

ホウ・ダーミンの小さな顔はショックのために青白くなり、手は絶えず震えていた。たくさんの生徒たちが、ペンを持つとき、思わずダーミンの顔をちらりと見た。

シー・ゴンが手を挙げた。

「なんですか？」と校長先生がシー・ゴンを指した。

シー・ゴンは立ち上がった。

「ぼくたちが、模試の前にこの問題をやったとき、それが模試の問題だとは知らなかったんです。だから、校長先生が「クラスぐるみの集団不正」と言うのは、おかしいんじゃないでしょうか」

校長先生は手を振りながら、口ごもるように答えた。

「こ、これを何というのかは、詳しく調査してから考えましょう。」

そして話を続けた。

「皆さん、本当のことを教えてください。誰かを陥れたり、かばったりしてはいけません。この事件について、このクラスのある生徒は大変協力的で、学校に実情を教えてくれました。」

校長先生は、みんなに真実を伝えるよう促すつもりでこんなことを言ったのだが、知らず知らずのうちに大きな間違いを犯していた——このクラスには密告者がいる、と宣言してしまったのだ！

ああ、どおりで校長先生はこんなに事情をはっきり知っていたんだ。校長先生に密告した恥知らずは誰だ？

誰もが前後左右を見ては、ためらうことなく、小声で罵った。

男子は「ばかやろう！」と。

女子は「ほんとうにいやな人！」と。

もし怒っていない人がいれば、その人が密告者だ、と言わんばかりの状況となってしまった。

ガオ・シャンシャンがとうとう大声で口に出したので、それは校長先生の耳にも入った。

「なんていやな人なの！」

校長先生は、ほめたつもりの生徒が罵りの対象になっていることに気づき、とがめるように言った。

「ガオ・シャンシャン、何を言っているんですか」

ガオ・シャンシャンは顔を上げて、自信満々に答えた。

「わたしは、その不正を行った人に対してそう言ったんです。その人のおかげでクラス全員がひどい目にあったからです」

飛び交う罵声の中で、ホウ・ダーミンに、突然勇気と自信が生まれた。ダーミンは一瞬にして精神的な支えを手に入れたようだった——自分は本当の「犯人」ではない。「犯人」は密告者なのだ！　そうでなかったら、みんながこんなにそいつのことを憎むわけがないよな。試験問題をクラスに持って来たからって、そんなことは何でもない。もし調査の手が伸びてきても、ありのまま「試験問題は市場で買いました」と言えば、自分の責任ではない。気持ちが落ち着いたら、手の震えも止まった。たった一つ、自分が知りたいのは、誰が密告者かということだけだ。

ライ・シャオジュは崩れ落ちそうになっていた。もう、すでに自分のしたことが暴露されてしまったような気持ちだった。みんなが口にする汚い言葉は、どれもシャオジュに向けられたものなのだ。

シャオジュがつま先でそっとシュウナンに触った。シュウナンは顔を上げて、ぎょっとした——ライ・シャオジュが真っ青な顔をして、ぼんやりとどこかを見ている。シュウナンにはシャオジュの気持ちがとてもよくわかった。この時、急に自分はシャオジュの姉であり、責任を持って守ってやらなければという気持ちが芽生えた。そう思うと、シュウナンの心は恐ろしいほどに落ち着いた。そして、笑顔でうなずき、小声できっぱりと言った。

「大丈夫、わたしがいるじゃない！」

配られた紙が全部提出されると、校長先生はそれらをたたんで授業用の紙ばさみに収めた。そして「それでは自習をしていてください。すぐに数学の先生が来ます」と言い、そのまま出て行った。


教室はまるで空気を抜かれたようになっていた。数学の先生が来ないので、真空状態のまま、みんなは一種の酸欠のような気分になっていた。教室は静まり返り、誰も息ができないほどだ。

けれども、全員が、この後何かが起こるはずだと感じていた。

ホウ・ダーミンが立ち上がった。

「みんな、ぼくの話を聞いて」

クラスのみんなが一斉にダーミンを見た。

「試験問題をクラスに持って来たのはぼくです。学級委員として、みんなに良かれと思ったからで、まさか、みんなに災難をもたらすことになるとは思わなかったんです。

でも、ぼく自身も、あれが模試の問題だとは知りませんでした……」

言いながら、ダーミンは四方八方に向けて頭を下げた。

クラスのみんなは、不思議そうにダーミンを見た。この演説と振る舞いは、ダーミンの人生の中で、もっとも見事なものだっただろう。誰もがダーミンのこんな陳謝に耐えられず、たちまち不安な気持ちになり、そしてそのあと深い感動がじわじわと生まれてきた。

「ぼくの過ちのために、みんなの試験の成績を巻き添えにしてしまいました。皆さんは何も悪いことをしていません、ただ復習をしただけです。もし何か過ちがあったとすれば、その責任はぼく一人が負うべきものです……」

とうとう、誰かが我慢できず言い出した。

「そんなことがあるもんか、おれたち、さっきの紙におまえが問題を持って来たなんて書かなかったぞ、ただ拾ったって……」

「わたしたちも書いていないわ」

別の生徒もこれに応じた。

ホウ・ダーミンは大げさに手を振った。

「いいんだよ！」

そして急に矛先を変えて、

「だけど、一つだけちゃんと知りたいことがあるんだ。もしはっきりしなかったら、たまらないからね。それはつまり、誰がこのことを校長先生に話したかってことなんだ。そいつを責める気はないよ、ただ知りたいだけさ」

「そうだそうだ！」

教室中がいっせいに叫んだ。

いまこの瞬間のホウ・ダーミンは、みんなのためにすばらしいことをしたのに、裏切られて災難に遭った英雄のようだった。ダーミンがクラスでこんなに影響力を持ったことは、これまでになかった。

ガオ・シャンシャンが立ち上がって言った。

「密告者は自ら名乗り出てほしいわ。英雄は自らしたことの責任を取るものよ！」

シャンシャンは学級委員ではないが、「上流知識階級」であり、彼女の言葉には相当な重みがあった。

そしてなんと、シー・ゴンまでが「賛成」と言ったのだ……

ふだん、シー・ゴンは絶対にホウ・ダーミンを相手にしない。ダーミンとは生まれつき相容れないのだ。ダーミンが何か言いだすと、シー・ゴンはすぐに反対派の先鋒になる。それなのに今日は、シー・ゴンまで、密告者はホウ・ダーミンより悪いと思っているのだ！

三人がこう言ったので、教室は怒りであふれ、みんなの気持ちはひとつになった。教室じゅうで沈黙しているところはシュウナンとライ・シャオジュの席だけだ。どんな調査もどんな尋問もすることなく、みんなの視線は自然と、この二人に集中することになった。

シュウナンはライ・シャオジュの、真冬に外で長い間凍えていたような、紫色の唇を見た。そして、あの日、シャオジュの席でぶるぶる震えていた小さなスズメを思い出した。

みんなの視線はシュウナンを通り抜けてシャオジュの上に集まっていた。

その瞬間、シュウナンはとても悲しくなった。シャオジュ、どうして嘘を言えないの？　もし、シャオジュが虚勢を張って密告者をつかまえろって叫んだら？　そうしたら自分を守ることはできないかしら？　でも、シャオジュにはできない、ううん、シャオジュだけでなく自分だってできない！

一人の女子生徒の声がシュウナンの耳に飛び込んだ。

「昨日の放課後、ライ・シャオジュが校長室に行くのを見たわよ」

突然、教室の空気が凍りついた。みんなが怒りと恨みに燃える目でシャオジュをとりかこんだ。

シャオジュもその声を聞いたに違いない。驚きと恐怖のために、目が真ん丸になっている。

哀れなシャオジュには、もう否定する勇気も、認める勇気もない。すべての力を失って、ぐったりと椅子に倒れ込むばかりだ。

シュウナンは無言の恐怖をついて、立ち上がった。

「校長室に行ったのは、わたし」

その声が自分の口から出てきたのが信じられなかった。今まで、シュウナンにこんなことをする勇気はまったくなかった。

教室はしんとなった。この短い沈黙のあいだに、怒りと攻撃の方向が変わった。この短い沈黙のあいだに、怒りが凝縮された。この短い沈黙のあいだに、怒りがはけ口を探し求めた。

この沈黙のあいだに、シュウナンはこれまでに経験したことのないものすごい圧力を感じた。

シー・ゴンが、まるで初めて会う人を見るような感じで、シュウナンの目をじろりと見た。そして、「おまえがそんなことをするとは思わなかったぜ」と見下げた様子で言った。

ホウ・ダーミンはいかにも犠牲者だという表情で、哀れそうに両手を広げて言った。

「ぼくにはわからない、どうしてきみが？　いったい何の得があるっていうんだ？」

ガオ・シャンシャンは冷ややかに笑いながら言いだした。

「そりゃ得はあるでしょ、このところ、シュウナンは勉強だけじゃなく、行いもいいですからね！　シュウナンは成り上がり者よ、成り上がり者っていうのはみんなそうなの、知恵を働かせて上に食い込み、手段を選ばない……」

みんなはシャンシャンのほうを向いた。ガオ・シャンシャンがどうしてシュウナンのことを成り上がり者だなんて言うのか、みんなにはわからなかった。シャンシャンはその様子を見てつけ足した。

「シュウナンは勉強の成り上がり者なのよ、自分だけ良くて、みんなを不合格にしたくてたまらなかったのね」

もとから金持ちの人のことは、誰もが当たり前と考えてただうらやましがるだけだ。けれども、急に金持ちになった人は「当たり前」ではないので、人々はうらやましがらずに疑いを持ち、さらには「成り上がり者」と呼んで恨むのだ。

突然、勉強ができるようになったら、「学力が向上した」というべきで、「勉強の成り上がり者」などというのは聞いたことがない。この言い方は、どこかしっくりしないなと思いながらも、みんなはガオ・シャンシャンの言っている意味を察した。

ホウ・ダーミンは憤慨して言った。

「きみの成績が上がったからって、ぼくたちはきみをねたんだことはない。きみが他人を助けたくないのは自由だけど、ぼくたちの邪魔をするのはやめてくれ！」

ダーミンの言葉に、みんなも応えた。

「そのとおり！　成績が上がったからって、わたしたちの邪魔はしないで！」

クラスのみんながびっしりとシュウナンを取り囲んだ。机や椅子の上に載っている生徒もいる。

光が少しずつさえぎられ、シュウナンにはもう、目の前の誰が誰なのかわからなくなっていた。空気を通さない容器に閉じ込められたようで、聞こえるのはみんなの怒声だけだ。

冷たくて息がつまりそうな「容器」のなかで、シュウナンの腰に置かれているライ・シャオジュの手が、たった一つぬくもりを感じさせてくれた。その手はがくがく震えていたけれど、でも支えであることには違いない。

そして、女子生徒の甲高い声が、シュウナンに聞こえた。

「シュウナンがほんとに勉強ができるかどうかだって、わかったもんじゃないわ」

「怪しいペンを持っていてね、中に小型コンピューターがはいっているのよ」

ガオ・シャンシャンだ。シャンシャンの声はシュウナンの心に鋭く爪を立て、しめつけた。

シュウナンはあわてて机の上の筆箱を両手で隠した。

「中にコンピューターがあるかどうか、出して見てやろうぜ」

何人かの男子が大声で叫んでいる。

シュウナンが筆箱を取り上げ、胸に抱いて守ろうとした瞬間、誰かが勢いよく、その手を払った。

筆箱は宙を飛び、床に落ちて、中身があちこちに飛び散った。

あのペンは床に当たって、陶磁器が割れるような音を立てた。

後ろから誰かが押してきた。

シュウナンがペンをひろおうとしたとき、誰かの片足が出てきてそれを踏んだ。

「ペンを返して！」

シュウナンが叫んだが、誰も相手にしない。

一人が真っ先にペンを拾い上げ、教室の端の方に走って行ってから、キャップを開けた。

「コンピューターなんてありゃしないぞ、なんにもないじゃないか！」

シュウナンは前にいた生徒を押しのけ、飛びかかっていった。

「返してよ！」

ペンを持っている生徒は、それを高々と空中に突き出した。

「これが欲しいのか？」

「わたしのなんだから、返して！」

「おまえ、全員に謝れよ！」

「わたしは悪くない！」

その生徒はペンを空中で振り回しながら、みんなに意見を求めた。

「シュウナンに返してやるかい？」

みんなが一斉に叫んだ。

「シュウナンに謝罪させろ！」

ライ・シャオジュが泣きながら哀願した。

「返してあげて、みんなひどすぎる……」

ホウ・ダーミンが恐ろしげな声でシャオジュに言う。

「黙れ、おまえには関係ない！」

シャオジュは悲しげに眼を見開き、泣きじゃくった。

「どうしてこんなことになっちゃったの、どうしてこんなことになっちゃったの……」

ペンを持った生徒は、それを空中に突き出したまま、

「よし、おまえがどうしても謝らないというなら、おまえのペンに謝らせてやろう」

と言うと、ペンを教壇の一メートルほど向こうに勢いよく投げつけた。

誰かが言った。

「ペンはものを言えないのに、どうやって謝るんだ?」

「みんなで、あいつのペンを一回ずつ踏んでやるのはどうだ?」

「そりゃいいぞ!」

「我々はシュウナンに道徳法廷の裁きを受けさせる!」

怒りと不満で胸がいっぱいになっている生徒たちは、次々と押し合いながら教壇の方へ向かった。

「やめて!」

シュウナンは、何よりも大事なペンを守ろうと飛びこんでいったが、そのたびにみんなに押し返されてしまった。

シー・ゴンが口を開いた。

「みんな、とりあえず踏むのはやめとこうよ、このペンはとても珍しいものなんだ。みんなでこのペンを罵倒するってことじゃだめかい?」

「だめだめ、それじゃスカッとしない!」

教室中から反対の声が上がる。

「どんなに壊れたって、ぜいぜい数元だろ、弁償してやるさ！」

シー・ゴンはしかたなく、できるだけのことはした、という顔でシュウナンを見た。

ライ・シャオジュも飛び込んでいき、力いっぱいみんなの服や腕を引っ張って言った。

「わたしを踏んでもいいから、シュウナンのペンを踏まないで！」

「シャオジュを踏むと罪になるけど、ペンを踏むのは罪にならないからね」

誰かが冷やかに笑いながら言い、その足でペンを踏んでいった。

一人が踏み、また一人が踏み……

シュウナンは自分の席にぐったりと倒れ込んだ。クラスのみんながこんなに凶暴になるなんて、今まで想像したこともなかった。

突然、教室にすさまじいセミの声が響き渡った。

みんなは呆然と立ちすくんだ。

16　こころの小部屋

みんなが怒りを発散しつくしたのか、あるいは、セミの声に異常を感じたのか、教室は静けさを取り戻した。

シュウナンが教壇の前に歩いて行ったとき、じゃまをする者はなく、誰もが通り道をあけた。シュウナンは氷のように冷たい床にひざまずくと、自分のペンを拾い上げた。ペンはもう、めちゃくちゃになっていた。キャップは四つに割れ、ペン軸は半分に折れていたが、ペン先とそのもとの「首軸」の部分は、まだしっかりとつながっていた。インクは壊れたインクタンクから浸み出して床に流れ、どこか知らない国の地図のようになっていた。

シュウナンは黙ったままペンの上に涙をこぼし、そのしずくがペンの上ではじけて、きらきらした涙の玉になった。

突然何を思ったか、シュウナンはかがんで、まわりに散らばっているペンの破片を探し、白く輝く米粒ほどの小さいかけらまで、こまごまと全部を手のひらに拾い集めた。

みんなは黙ってそれを見ていた。

シュウナンは自分の席に戻ると、しばらくペンを持ったままぼんやりとそこに立っていた。

ライ・シャオジュが、白い紙をさっと取り出し、机の上に広げた。

シュウナンはペンを紙の上に置いて包み込むと、教室を出て行った。

みんなは、校門に消えていくシュウナンの後ろ姿をじっと見送った。

突然、ライ・シャオジュが大声を張り上げた。

「みんなどうかしているわよ！　あんたたち、自分が何をしたかわかってるの？」

みんなが驚いてシャオジュの方を見た。

ホウ・ダーミンが開き直りと言い訳を一緒にして言った。

「ぼくたちが何をやったかって？　シャオジュのペンを踏んづけてこわしただけだよ。でもさ、あいつは校長先生に告げ口をしたんだ。この程度の罰がなんだっていうんだい。ぼくだって処分されるかもしれないのに、ぼくの気も知らないで、おまえ何をカッカしてるんだよ！」

「そうだよな」「そうよね」

何人かが調子を合わせた。たった今自分たちがやったことに慰めを見出そうとするようだった。

「シュウナンじゃないのよ！　わたしよ……昨日の午後校長先生に話したの。ウソだと思うなら校長室で聞けばいい」

ライ・シャオジュはそう言いながら、気でも違ったように自分のカバンを取り上げ、中に入っているものを全部、床の上にぶちまけた。

「みんな、踏んづけなさいよ！　わたしのペンも、教科書もノートも、さあ踏んづけなさいよ！」

シャオジュの言葉は猛烈な力でみんなの心を打ち、誰もが何も言えなくなってしまった。

すべての怒りはもう、消え去ってしまったのだろう。心の中には何ともいえない思い――たぶん、謝罪と不安の気持ち――がこみ上げてきた。あるいは、深い反省の想いかもしれないし、まだはっきりしない感情かもしれない。もう、誰もライ・シャオジュを罵ったり、ライ・シャオジュのペンを踏みつけたりはしなかった。

みんなは何も言わずに、自分の席に戻った。すべては突然に起こり、突然に終わって、深く考えることさえできなかった。

シュウナンはひどく疲れて、ベッドに横になっていた。

それまで、長い長い時間をかけて、壊れてしまったペンのかけらをつなぎ合わせて修理していた。

シュウナンは強力な接着剤と、透明な粘着テープを買ってきたが、かけらをどうやって固定すればいいのかわからず、いつも一つ目のかけらに二つめのかけらを貼りつけると、元の一つがまた落ちてしまうといったぐあいだった。そして、とうとうやわらかい薄紙をペンの内側に詰めて「芯」にすることで、ようやくもとの形を取り戻せたのだった。

シュウナンは、学校で起こったことをすべて忘れたかのように、全身全霊でペンの修理に打ち込んだ。そして最後に透明な粘着テープをまわりにぐるりと貼ると、ベッドに倒れ込んだ。

もう二度と学校には行きたくなかったし、誰にも会いたくなかった。「クラスのみんな」という人たちに、すっかり絶望していた。みんなとの間にはもう、友だちという感情はないように思えた。感情がなくなったので、怒りも、苦痛も感じなかった。ただ、骨のしんから疲れていた。この疲れは心の中に白いもやのように発生し、全身に広がっていった。

シュウナンはもういちど、修理がすんだペンを眺めてから、眠りについた。

シュウナンが目を覚ますと、もう夕方になっていた。

父さんと母さんがベッドの前に座り、それぞれがシュウナンの手を握って「どうしたの?」と言った。

「何でもない、疲れただけ」

「どうしてそんなに青白い顔をしているの」

母さんはシュウナンの額をなでながら聞いた。

「ほんとに何でもない」

シュウナンは無理に口角を上げて笑って見せた。

父さんが言った。

「このところ勉強で疲れていたんだろう」

シュウナンはうなずいた。

「これはいったい、どうしたんだ？」

父さんは机の上に散らばった学用品と、傷だらけのあのペンを指さした。

「あいつらに踏まれたの」

「誰が踏んだんだ？」

シュウナンの胸に熱いものがこみあげてきたが、ぐっとこらえた。

「車、に、踏まれたの」

父さんは笑った。

「車ならひかれた、だろう、踏まれたじゃなくて」

「そう！　車にひかれたの」

「シュウナン！　車があんたのペンをひくわけないでしょう？」

母さんがまた言う。

「だから、ひかれたんだってば」

シュウナンは言い捨てた。

「シュウナン、どうして母さんにそんな口のきき方をするの。勉強ができるようになったからって、そんな態度はないでしょ」

母さんは少し怒って言った。

父さんが、ペンを持ち上げた。

「さわらないで！　くっついたばかりなの！」

父さんは驚いて、用心深く机の上にペンを戻したが、視線はなお、ペンに釘付けになっていた。そして、ペンを見ては、じっと何かを考えていた。

「思い出したぞ！　うちにある絵に描かれているペンと、これはそっくりだ！」

母さんが言う。

「思い違いでしょう、わたしはそんなもの見たことありませんよ」

「いや、誰かにもらったのだ……額縁はなかったかな……いずれにしても、まだ掛けていなかったか……」

シュウナンは思わずベッドから起き上がった。

「父さん、早く探して！」

父さんは自分の本箱を開け、中からたくさんの中国画の掛け軸や、まだ裏打ちも表装もしていない絵の包みを引っ張り出した。

シュウナンはそれを一枚一枚開けてみた。

全部調べても、ペンを描いた絵などは見つからない。

父さんは頭をかきながら独り言を言った。

「やっぱり思い違いだろうか」

「そうよ、ペンを描いた絵なんてあるわけないわ」

夕食が終わると、シュウナンは勉強もせず、またベッドにもぐりこんだ。


深夜、シュウナンは物音に目を覚ました。

その音は、はるか遠くから聞こえてくるようであり、話し声のようでもあったが、内容は聞き取れなかった。音楽のようにも聞こえたが、メロディーは聞き取れない。サーサーと、どこから聞こえてくるのだろうか。

時計を見るとちょうど、夜中の一時だ。

シュウナンは静かに横になっていた。心がとても痛かった。その痛みはいわゆる「痛い」のではなくて、心を締めつけるような悲しみと恐れだった。今まで生きてきて、初めて経験する痛みだ。シュウナンはこの痛みを深く受け止めることはできたが、うまく言い表すことはできなかった。

シュウナンは必死でこの気持ちを取り除こうとしたが、うまくいかず、思わず枕元のラジオを手にしてみた。こんな遅くに放送している番組があるかどうかわからないけれど、何か聞けば気分が変わるかもしれない。

ラジオのスイッチを入れようとしたが、スイッチはすでに入っていた。さっきから聞こえているのはラジオの音だったのだ。シュウナンはイヤホンをつけてみた。音がくっきりと聞こえてきた――よく知っているピアノ曲「乙女の祈り」だ。

シュウナンの気分はすこし良くなってきた。ピアノの音は波が引いていくようにだんだん小さくなり、聞き覚えのある男性アナウンサーの声が浮かび上がってきた。

「『こころの小部屋』、引き続きリスナーの皆様からのホットラインをお届けします」

「華大付属高生の、ビエン・ユーです」

シュウナンの胸がかすかにときめき、体じゅうの神経がぶるぶると震えだした。

「友達のシュウナンへのメッセージです。最後に会ってからずいぶん経ってしまったけど、ずっと気にかけています。きみのことは全部聞きました。あまり悩まないで、あまり悲しまないで。ぼくが知っている男子生徒で、成績がとても優秀なのに、大学受験の時、わずかな点数の差で落ちてしまった人がいました。その人はあらゆる希望を失い、空気が凍りつき、空も真っ暗、と思うぐらい深く絶望し、ついには自殺しようとさえ思ったのです。でも、最後の瞬間に、その人は突然気づきました。命はこんなにも尊いものだ、このすばらしい生命のまえで、自分の挫折は砂粒ほどもないちっぽけなものだったと。そしてそのとき、学校で起こった人間関係のトラブルや不愉快だったことは全部忘れて、家族やクラスの友達の温かさや、一緒に過ごした美しい時間を思い出したんです。それ以来、その人の心は太陽でいっぱいですよ。さあ、シュウナン、辛かったことは、何もかもすぐに過ぎ去って行くよ。ぐっすり眠って……高校受験が終わったら、きっとまた会える」

温かいものがシュウナンの全身に流れていった。シュウナンはイヤホンを耳にしっかりと押しつけ、そこから聞こえてくる言葉を一つも逃さずに聞き取ろうとした。音は突然消え、イヤホンからは何も聞こえなくなった。

シュウナンはベッドから飛び下りて、放送局のホットラインに電話をかけてみた。電話はつながったが、誰も出なかった。

もうみんな家に帰ってしまったのかもしれない。でも、終わりのアナウンスもエンディングの音楽もなかったのはどうしてなんだろう。シュウナンはこんなことをぼんやりと考えた。

シュウナンはとても興奮し、満ち足りた気持ちで、たった今聞いたばかりのビエン・ユーの言葉を一つ一つ思い出し、かみしめていた。そうしているうちに、そよ風のような眠気がやってきて、シュウナンの思いを全部溶かしてしまった。

17　入試

翌朝、シュウナンは早く目覚めた。

そして、もう一度「こころの小部屋」ホットラインに電話をしてみたが、やはり誰も出なかった。

顔を洗うのもそこそこに、修理したペンをそっと持ち上げると、ちょっとひねってみた。ペンはしっかり接着されたらしく、少しもずれたりゆがんだりしない。シュウナンはうれしくて、インクタンクにインクを入れ、紙の上に「ビエン・ユー（辺域）」と書いてみた。

ペンはさらさらと動いた。今でもペンがシュウナンを助けてくれるのかどうかはわからなかったが、その「辺域」が、自分が書いた字ではなく、ビエン・ユーが自分で書いたように思えて、シュウナンは思わず見とれてしまった。

シュウナンはペンを注意深くハンカチにくるみ、ポケットに入れた。

学校へ行こうと階段を下りていくと、いつもの姿が目に飛び込んだ。

ライ・シャオジュが門と、階段のあいだに立っていた。

「シュウナン――」シャオジュの目には、会いたかったという気持ちがあふれている。

「何をしてたの?」

シュウナンが不思議そうに聞く。

「シュウナンを待ってた」

「どうして?」

「みんなが、今日シュウナンは学校に来ないかもって言うから」

「みんな?」

「クラスのみんなが。わたし、学校へ行く時間になっても、シュウナンが下りてこなかったら、家に迎えに行こうと思ってた」

「シャオジュ、いつ来たの?」

「一時間前。シュウナンが先に行っちゃうんじゃないかと思って」

「行こう」

シュウナンは先に立ってシャオジュの腕を引っ張った。

「シュウナン、ごめんね」と言い終わらないうちに、シャオジュは泣き出してしまった。

「もう、いいから」

シュウナンはシャオジュの腕をつねって言った。

「本当に許して……わたし、シュウナンみたいに強くなくて。シュウナンに身代わりをさせてしまって、もう、めちゃくちゃ自分が情けない」

「ううん、どっちみち誰かが罪を負わなくちゃならなかったんだから、シャオジュの身代わりになれたのならうれしいよ。だって親友じゃない」

ライ・シャオジュはぎゅっと唇をかみしめて、シュウナンの手を握った。

シュウナンは言った。

「もう、この話はやめよう」

「わたし、もう全部話したの」とシャオジュ。

「何を？」

「校長先生に話したのは自分で、シュウナンはわたしの身代わりだったってこと」

シュウナンは立ち止まって、心配そうにシャオジュの顔を見た。

「どうしてそんなことを？　みんなに何かされなかった？」

「誰にも、何にも言われなかったし、何もされなかった……ゆうべ、ガオ・シャヤンシャンとシー・ゴンと、二人から電話があって、シュウナンを迎えに行って、一緒に学校に来てって言われたの。なんで自分たちで迎えに行かないのってきいたら、恥ずかしいからだって」

シュウナンとシャオジュは何も言わずに歩き続けた。

「シュウナン、なんで黙ってるの？」

「なんて言っていいのかわかんない……」

二人は教室に入っていった。クラスのみんなはもう揃っていて、静かに自習をしていた。

シュウナンが入ってきた瞬間、全員の目が、示し合わせたかのように一斉に注がれたが、視線はすぐに、また机の上に戻っていった。教室はしんとして声一つしない。

シュウナンは自分の席につき、椅子に座ったとたん、思わずあっと息をのんだ。

黒板に、ものすごく大きな字で何か書かれている。

「ごめんなさい、シュウナン」

右下にはサインがある。「クラス一同　○月○日」

シー・ゴンの字だ。

シュウナンの目は知らず知らずのうちにうるんでいた。

机を開けて、引き出しにカバンを入れようとすると、何かにさわった。

のぞいてみると、引き出しの中に紙箱が一つ入っていた。ふたを開けるとそこには様々な色や形の新品のペンがぎっしり詰まっている。

とうとう涙が出てきた。

教室はしんとしているけれど、まわりのみんなの無数の目が静かに自分を見守っていることが、シュウナンにはわかった。

シュウナンはポケットから自分のペンを取り出し、箱の中のたくさんのペンの真ん中に入れた。その時ふと、自分のペンと、みんながくれたペンには同じぐらいの価値と重さがあるのだと思った。

昼休み、シュウナンはまた、放送局のホットラインに電話をしてみた。放送局の人によれば、昨夜の電話の内容は確認できない、しかし「こころの小部屋」の放送は毎晩十二時に終わるので、夜中の一時には何の「音声」も出ていないはずだ、ということだった。シュウナンは驚いて電話を切るのも忘れてしまった。

学校は「第二回模試問題流出」事件のいきさつを徹底的に調査したが、ホウ・ダーミンに対して、どんな処分も下すには至らなかった。もちろん学校としては、今回の成績を認めることはできないので、このクラスのために特別な問題を作成し、数学と物理の試験をもう一度行うことにした。高等部への推薦入学の選考はこのクラスだけでなく三年生全体が対象となるため、この件で、学校はたしかに面倒に巻き込まれたのだった。

学校は「推薦入学内定者は当面の間非公表とし、入試の選考が始まってからあわせて公表する」旨、掲示を行った。

こうして、大騒動は終わりを告げた。

緊張感に満ちた高校入試が始まった。

シュウナンは、ビエン・ユーがくれたペンを持って、試験場となる学校の門をくぐった。不正を防ぐため、受験生はふだんとは別の、行ったことがない学校で試験を受けることになっていた。

シュウナンはとても落ち着いていて、少し自信もあった。最近、成績はたしかにとても良くなって、あのペンの助けがなくてもうまくいくだろうし、助けてくれればもちろんなおよいけれど、そうでなくてもペンはきっと幸運を運んでくれると信じていた。なにはともあれ、ペンはシュウナンのお守りなのだ。さらに重要なのは、あの事件のあと、シュウナンが、生命はとても美しくエネルギーに満ちているものなのだと感じるようになったことだ。シュウナンのなかには、学校の成績のことだけでなく、未来への希望に向かって、胸を張って生きるという感覚が芽生え、その希望はシュウナンに、山があれば道を開き、川があれば橋をかけて立ち向かうというような、困難を乗り越える勇気と力をもたらした。

入試のとき、ペンはやはりシュウナンを手伝ってくれた。とはいっても、それはただの偶然にすぎない、とシュウナンは感じた。不思議なことに、故意になのか、意に反して力が出ていないのかはわからないけれど、ペンがなんだか辛そうに思えた。インクも以前のようになめらかに出なくて、シュウナンが自分の解答を疑ってしまうほどだった。

ごめんね、踏みつけられてこんな姿にしてしまった上に、入試を手伝わせるなんて……とシュウナンは思わず心の中でため息をついた。

最後の一科目は国語だった。シュウナンが書き終えた作文の最後に「。」をつけようとしたとき、このペンで書くことができなくなってしまった。カバーを開け、軸をひねってみたが、インクはまだ入っている。それなら、ともう一度書いてみるが、やはり書けない。「。」を書くのに間違いがあるわけないのに、どういうことだろう。

終わりのチャイムが鳴り始めた。シュウナンは大慌てで別のペンに持ち替え、最後の「。」を書いた。ペンをポケットにしまって、答案を提出し、時計を見ると――十二時ちょうどだった。


試験場を出ると、たくさんの保護者が門の外で首を長くして、子どもたちの帰還を待っていた。

シュウナンは期待でいっぱいな顔の両親を見つけた。

「どうだった?」母さんが息せき切って尋ねる。

「大したことはなかったよ」

シュウナンはさらっと答えた。

「最後まで解けたか?」と父さん。

シュウナンはうなずいた。

「全部できたか」

またうなずいた。

「うなずいてばっかりで、どうしてしゃべらないの」

母さんは文句を言った。

担任のリュウ先生が、にこにこしながら歩いてきて、シュウナンの手を取って言った。

「シュウナン、どうでしたか?」

シュウナンはにっこりして言った。

「いい感じでした」

リュウ先生はあたりを見回してから、シュウナンと両親に向けて小声で話し始めた。

「いいニュースですよ。シュウナンは推薦入学者リストに載りました。正式発表はこれからですから、まだ、ほかの人には言わないでくださいね」

母さんは子どもみたいに興奮して、小躍りしながら先生に聞いた。

「つまり、今回の入試がまずかったとしても、この学校の高等部に入れるってことですか？」

リュウ先生はうなずいた。

父さんはあわててシュウナンの肩をたたいた。

「早く先生にお礼を言いなさい！」

「先生、ありがとうございます……」

シュウナンが言った。

先生は真面目な顔で言った。

「あなた自身もがんばったじゃないの。こんなに実力が伸びたんだもの！」

シュウナンは思わずポケットのペンに触ろうとしたが、手に触れたのはった一本だけだった。あわててかがみこんで探したが、ビエン・ユーのくれたあのペンは見つからない。

「あっ、わたしのペンは？」

シュウナンは叫んだ。

「ポケットにあるじゃないの？」

「これじゃなくて、いつも使っているやつ……」

シュウナンはパッと振り向くと、試験場めがけて駆け出した。

教室に戻ったシュウナンは、自分が試験を受けた席に行ってみた。机の上も下も、引き出しの中も、何度も探したが、やはりあのペンは見つからない。

試験監督の先生が、答案をまとめて教室を出るところだった。

シュウナンはわずかな望みにすがるように聞いた。

「先生、ここでペンを拾いませんでしたか？」

監督の先生は首を横に振った。

シュウナンの頭がカッと熱くなった。もしかして、服のどこかに引っかかっていないかと、その場に立ったまま、着ている服のあらゆる部分に手を入れて探した。

それから、教室の後ろから前に、机の一つ一つ、床の端から端までを探した。

ペンの影さえも見つけることができなかった。

シュウナンは呆然として椅子に腰かけた。答案に最後の「。」を書いたあと、ビエン・ユーのくれたペンをたしかに上着のポケットに入れたのかどうか、その細かいところを、どうしても思い出すことができなかった。

シュウナンは激しく泣きだした。

教室に入って来た父さん母さんは、その様子を見て、あっけにとられてしまった。

「シュウナン、どうしたの?」

「どこにも見つからない……」

シュウナンは泣きながら答えた。

「たかがペン一本じゃないの、いったいどうしたのよ」

「そうじゃないの……」


昼食のときにも、シュウナンはまだぼんやりしていた。やはりあのペンを机の上に置き忘れ、図々しい何者かが持って行ってしまったのではないかと思っていた。試験場にいたのは、半分は同じ学校の生徒で、残りの半分はほかの学校の生徒だった。

「その子の学校や名前を調べ出してやる」

シュウナンは気が抜けたように、ひとりごとを言った。

「シュウナン、ご飯をたべなさい! あんたが食べないと、父さんも母さんも食べられないでしょう。あんたは本当にどうして……」

父さんが、母さんの腕をつついて、それ以上言わせないようにした。

「シュウナン、まずご飯をお食べ。父さんが手伝って、きっとあのペンを探し出してあげるから」

父さんはそう言って、魚を一切れ、自分の箸でシュウナンのお碗に取ってやった。

シュウナンはため息をついて、一口二口たべると、また箸を置いた。

「シュウナン、父さんが質問してもいいかい」

「なに？」

「あのペンがどこから来たのか、父さんに話してくれないか。前に聞いたときは、友達から借りたって言っていたな。だけど、ずっとそれを使っていた……」

シュウナンは黙っている。

父さんは続けた。

「父さんには、シュウナンがあのペンをとても大切にしているということがわかったよ。だから父さんと母さんに、本当はどうやって手に入れたものなのか、話してくれないかな」

シュウナンは、まだ黙っている。

「父さんが聞いているでしょ！　どうしてだまっているの？」

母さんがじれったそうに言った。

父さんは手を挙げて、母さんに目くばせし、言葉を続けた。

「父さんは、あのペンには何かわけがあると、ずっと思っていたんだ。もし本当のことを話してくれたら、探し出す手助けができるかもしれないよ」

シュウナンは顔を上げたが、二人の顔を見て、また口をつぐんだ。

「言ってごらん、どんなことでも怒らないから。父さんも母さんもきっと力になるよ」

しばらくの無言の後、シュウナンは口を開いた。

「わたしが言うこと、信じられないかもしれない……」

「信じる」

二人は口をそろえて言った。

「あのペンは、ある男子がわたしにくれたものだったの」

「それは誰？」

「わたしに手紙をくれた男子」

「誰だかわからないって言っていたんじゃなかったか?」

「父さんたちにきかれたときは、本当にわからなかったのよ。次の日、その人が学校にわたしとシャオジュに会いに来て、そのとき知ったの」

「それで?」

シュウナンは、そのあとに起こったことをありのままに話した。あのペンが不思議な力を持っていて、いつもシュウナンを助けていたことを話したときには、父さんと母さんは互いに顔を見合わせ、一緒に「錯覚じゃないの? 人はよく錯覚をするから」と言った。

「絶対に違う。ペンの助けがなかったら、今みたいな成績は絶対にありえなかった」

「まあ!」と母さんが目を丸くした。

「そんなことがあるのかしら?」

父さんは何度もうなずきながら真剣に話を聞き、真剣に何かを考えていた。ただのペンにそんな力があるとは信じられなかったが、娘の成績が急にものすごく良くなったのは、たしかにいくら考えてもわからない謎だった。今、その謎が解けた……とはいっても、何とも信じがたい話だ。

「その子はなんという名前で、どこの学校に行っているのかい」

「ビエン・ユーといって、華大付属に行っている、って」

「その後、その人に会いに行ったの？」

母さんが言う。

「行ったけど、全然見つからなかった」

「シュウナン、それは全部本当のこと？」

「本当」

「夢じゃないの？」

「夢じゃない」

父さんが、前を見つめたまま、とまどったような表情をしている。ビエン・ユーの名前を、父さんはどこかで聞いたことがあった。それはものの名前ではなくて、間違いなく人の名前だった。そして、そのペンにも見覚えがあった。父さんは必死で記憶をたどっている。

玉を彫って作った蝉の形のペン……ビエン・ユー……ペン……絵……ビエン・ユー
……

「父さん、どうしたの？」

シュウナンは父さんの様子に、何ともいえない恐怖を感じた。

母さんも、父さんの肩をたたいて言った。

「あなた、どうしたんですか？　びっくりさせないでくださいな！」

父さんは夢から覚めたように跳ね起きて、書斎に駆け込んだ。

「思い出したぞ！」

18　絵のなかのペン

シュウナンと母さんは、父さんの後を追って書斎に行った。

「どうしたんです?」

母さんは、父さんがどこかに行ってしまうのを恐れているかのように、父さんの服を引っ張りながら言った。

父さんは興奮のあまり、声を震わせていた。

「思い出したんだ。シュウナンのあのペンが描かれた絵をたしかに持っているはずだ」

「この前探して、見つからなかったんでしょう」

「もういちどよく探してみよう。なくしたはずはないんだ」

父さんはもう一度本箱を開けて、裏打ちや表装をしていない絵が入った包みを取り出し、一枚ずつ注意深く調べた。一枚めくるたびに、指でこすって、別の絵がくっついていないかどうかまで確かめた。

シュウナンは父さんの後ろに立っていたが、突然本箱の一番奥の隅を指して言った。

「そこに何か巻いた紙がある」

父さんは手を伸ばしてその紙を取り出すと、まだ広げないうちに声を上げた。

「これだ！」

巻かれた紙を広げると、それは三十センチ四方ぐらいの大きさの、鉛筆で書かれたスケッチだった。

画面の真ん中に、セミの姿を彫り込んだペンが、斜めに立っている。まるで見えない手に握られて何かを書いているみたいだ。そばにそっと置かれているキャップには、セミの羽が生きているもののように精密に彫られている。ごくわずかな明暗のコントラストによって、セミの目には命の輝きがきらめいている。これはまさに、ビエン・ユーがシュウナンに贈ったペンそのものだ。そして驚いたことには、そのペンの表面にはひび割れがはっきりとついており、さらに、テープで補修をしたあとまですべて、はっきりと見て取れるのだ。

これには三人とも、呆然としてしまった。

絵の上の方には「チュ・イーランおじさんへ」と書かれていた。

下の方には「ビエン・ユー、十三歳」とサインがしてあった。

父さん――チュ・イーラン――の手が、がくがくと震えた。

「この絵はもともと、こんな様子ではなかったぞ。ペンにこのひび割れは全然なかった！」

四年前、チュ・イーランは、調査研究のため、南方のごく遠い地域にある小さな村に出張していた。ある日、イーランは採石場を視察した。その土地では、貴重で、しかも有名な玉《ぎょく》が絶えず見つかるという話だった。

玉は貴重で有名なものではあるが、その採掘は非常に手間がかかり、しかも危険な作業で、何十トンもの鉱石から得られる値打ちのある玉は、十数グラムに満たない。

イーランは、砕石機のそばで、顔じゅう土ぼこりにまみれている、やせっぽちの少年を見かけた。少年は、棒を機械の投入口に差し入れて、詰まった石のかたまりを押し出しているところだった。機械の轟音が、耳をつんざくばかりだ。

「きみ、どうして学校に行かないの？」

少年は恥ずかしそうにイーランを見たが、何も言わなかった。

イーランはやや気まり悪げに、機械に二、三歩歩み寄った。

少年は大声で叫んだ。

「あぶない！　出てきた石ころが顔に当たる！」

イーランはあわてて後ろに下がって言った。

「きみだってあぶないだろう？」

少年がちょっと笑うと、真っ白な歯がのぞいた。イーランはこのとき、少年がとても立派な顔立ちをしているのに気づいた。顔についている土ぼこりを洗い流したら、きっとたくましい面構えなのだろう。

「どうして学校に行かないの？」

チュ・イーランは残念そうに聞いた。

「行ってるよ」

「何年生？」

「中三」

「どうしてここで働いてるの？」

「午前中は学校に行って、午後ここで働くんだ」

「一日いくらもらえるんだい？」

少年は指を一本出して見せた。

「十元？」

「一元」

チュ・イーランの心がずきりとした。一元とは！　都会では飲み物一杯さえ買えない金額だ。

「きみの家の大人は働いているの？」

「父ちゃんは死んだけど、母ちゃんと妹がいる」

少年は淡々と答えた。

イーランの鼻の奥が少しつんとしてきた。

「勉強はどう？」

「できるよ、学校で一番さ。でもこの辺の学校のレベルはちょっと低いんだ」

「高校へ上がるの？」

少年は首を横に振った。

「もったいないなあ！」

少年の顔がふっと曇り、それ以上何も言わなくなった。

チュ・イーランに、憐れみの気持ちがこみ上げてきた。いま、どんなに励ましても、どんなにもったいないと言っても、全部が白々しく聞こえるだけだとわかっていた。イーランは無意識に、ポケットから五百元をつかみ出した。今回の仕事の報酬の一割だ。そして一瞬考えてから、さらに百元を取り出した。

そして、少年の肩をたたいた。

少年が振り向いた。

イーランは現金を少年の手の中に押し込んで言った。

「きみ、何千キロも離れたところで、こうして出会えたのは何かの縁だ。この六百元を持って行きなさい……」

少年は状況がまだわかっておらず、あわててこう言った。

「ここでは玉は売っていないんです」

イーランは笑って言った。

「いや、玉を買うんじゃないんだ。このお金は、きみの学費に使ってほしい」

少年はしばらくの間ぽかんとしていたが、ようやく我に返って、急いで言った。

「お返しすることができませんから」

「返さなくていいんだよ、きみにあげるんだから」

「いりません！　絶対にいりません！」

チュ・イーランはそれを少年の服のポケットに押し込んだ。

「持って行きなさい」

少年はもう断ることはしなかった。二粒の涙が頬を流れた。

「おじさん、お名前はなんとおっしゃいますか。お住まいはどちらですか」

「いいから、いいから。良く勉強するんだよ」イーランはそう言いながら同僚の後を追って出て行こうとした。

が、少年はすがりつくようにイーランの手を取った。

「お名前を聞くまで、お金は受け取れません」

「わたしはチュ・イーラン、県城(1)の宿泊所にいる」

「本当ですか」

少年は澄んだ瞳を見張らせて言った。

「私は、うそはつかないよ」

チュ・イーランは立ち去った時、とても心が満ち足りて幸せな気持ちだった。ずいぶん長い間、こんな感覚を味わったことはなかった。

イーランがその辺鄙な村を離れる前の日、少年が宿泊所を訪ねてきた。そのとき、初めて、少年の名前がビエン・ユーだと知った。

ビエン・ユーは小ざっぱりした服を着て、髪もきちんととかしていた。母親と、妹と一緒に宿泊所に来たのだった。

ビエン・ユーはポケットから、なにかハンカチにくるんだものを取り出し、丁寧に机に置いて、開いた。

「チュおじさん、これはぼくのおじいさんの手作りで、父さんが中学に上がった時から、使っていたものです。値段が付くようなものではありませんが、特別なものですから、どうぞ記念に受け取ってください。」

小さな妹が口をはさんだ。

「このペンはね、お兄ちゃんのだいじな宝物で、寝る時も枕元に置いていて、わたしはさらわせてもらえないの」

イーランはペンを取り上げて眺めると、またビエン・ユーの手に置いた。

「きみの気持ちはきちんといただいたよ。でも、このペンはおじいさまがきみにと遺してくれたものだ、いつまでも大事にしておきなさい。大切だと思うものを一生持ち続けるのは、そう簡単にできることではないのだから」

別れるとき、ビエン・ユーはイーランの手を握って、ささやいた。

「チュおじさん、ぼくはちゃんと学校に行って、将来きっとご恩を返します」

「そんなことを言わなくていいよ。人を助けるのは、お返しのためではないからね」

ビエン・ユーは目に涙をためてうなずいた。

チュ・イーランが家に帰ってしばらくたったころ、遠くから手紙が届いた。開けてみるとビエン・ユーが描いた、その「ペン」が目に飛び込んできた。

当時イーランは、専門的な絵の勉強をしていない子どもがこんなに上手に絵を描けるとは思ってもいなかったので、とても感動して、その絵を長いあいだ、自分の職場の机のガラス板のあいだにはさんでいた。そして職場が移転したとき、家に持ち帰ったのだった。

それからというもの、ビエン・ユーからの便りはなく、四年の月日は飛ぶように過ぎていった。イーランも、そのことはもうすっかり忘れてしまっていた。

今日、この絵を見たとき、四年前の光景が突然目の前によみがえり、チュ・イーランはあまりの不思議さに呆然としてしまったのだった。

「父さん、ビエン・ユーの写真を持ってる？」

シュウナンが息せき切って聞いた。

「ない……」イーランはぼうっとした様子で話し続けた。

「ビエン・ユーは今年十七歳になっているはずだ……あの子がまさかこの町に来たなんてことがあるだろうか。ありえない。それにいったいどうして華大付属に行けたんだろうか。シュウナンが会ったビエン・ユーと、わたしが会ったビエン・ユーはただの同姓同名かもしれない、しかし、あのペンがそっくりそのものだったのはどういうわけだ？」

イーランはどうしても解けない謎に頭が痛くなるばかりだ。

「わからん、あの村へ行って確かめなければ」と、ひとりごとのように言った。

「父さん、わたしも行く！」

シュウナンは、父さんの腕をつかんだ。

（1）県は、中国の行政区分の一つで、県の行政中心地を県城という。

19　小さな村

一泊二日の旅をして、チュ・イーランとシュウナン父娘は、四年前にイーランが泊まっていた宿泊所にやってきた。その時になって突然、イーランは十数万人が住んでいるこの県で、たった一人のビエン・ユーという少年を探し出すのはどんなに大変なことかと思い至った。ビエン・ユーの家は市内にはないのだから、なおさらだ。

四年前にビエン・ユーから送られてきた封筒は、とっくになくなっていた。けれども、イーランは、あの採石場に行きさえすれば、家を見つけることができると確信していた。

イーランが、当時仕事をサポートしてくれた現地の団体を訪ねると、そこの責任者が車を用意し、採石場まで案内してくれた。

イーランとシュウナンはでこぼこの山道を進みながら、出会う人ごとに、このへんでビエン・ユーという少年を知らないかと尋ねた。しかし、丸一日、採石場じゅうを探し回っても、ビエン・ユーを知っている人はいなかった。シュウナンは、前に華大付属でビエン・ユーを探した時のことを思い出した。こんなことをしていても、まったく探せないのではないか？　ビエン・ユーは、シュウナンが「困難」に陥った時に、初めて現れるのではないだろうか？

夕食の時間になっても、何の結果も得られなかった。

「名前を聞き間違えたのではありませんか？」

車の運転手が言う。

「そんなはずはない」

イーランが断固として答えた。

「道端で物乞いをしている人たちが、仮名を使ってだましたのでは？」

「いや、あの子は決してそんな連中ではない……」

「わかりました」

運転手はイーランの決然とした態度に心を打たれ、こう言ってくれた。

「明日、一緒に村を一つ一つ、全部尋ねてみましょう。この県にその人がいるかぎりは、信じていれば必ず探し出せますよ」

三日目、車は自動車道のない小さな山奥の村に入って行った。車を止めると、たくさんの人がやって来て、ぐるりと取り囲んだ。あまりにも山深いところで、ここまで来る自動車は珍しいのだった。

運転手は車から飛び下りて人々に声をかけた。

「この辺に、ビエンという名字の家はありますか？」

一人が答えた。

「ビエンという家は一軒だけありますよ、誰を探しているんですか？」

シュウナンが息せき切って聞いた。

「ビエン・ユーという男の子を探しているんです」

人々は急に黙り込んでしまい、互いに顔を見合わせている。

「どうしたんです？　その人はいないのですか？」

今度はイーランが聞いた。

誰も返事をしない。

一人の老人が、はるかに遠くの緑に囲まれた山を指さして言った。

「あそこにおりますよ。車は通れませんから、歩いて行ってください」

「ありがとうございます」

イーランはその老人に頭を下げたが、内心ではとても疑わしく思っていた。

一行は山道に沿って歩いて行った。シュウナンがふと振り返った時、村の人々ははるばるやってきた旅人を珍しいと感じたのか、それともビエン・ユーを探している人々を物好きだと思ったのか、怪訝そうな表情でそこに立ちつくしていた。

「どうしたのかな」

シュウナンはイーランに聞いた。

「わたしにもわからんな」

イーランの気持ちもシュウナンと同じだった。

運転手が手を振って言った。

「ああ、田舎の人たちは世間知らずだから、すぐにあんなポカンとした顔をするんですよ、それにものの言い方もよく知らないしね。さあ、さっさと行きましょう、一往復して暗くなったら県城まで戻れない」

歩けば歩くほど、木々がうっそうと茂っている。シュウナンは緑色の壁が並ぶ通りを歩いているような気分になった。

前方に滝の音が聞こえると、うれしくなって、急に歩みが速くなった。

山の上から流れてくる曲がりくねった小川が、一行の目の前に現れた。

その水はとてもきれいで、水底の丸い小石や沈んでいる小枝や木の葉も、はっきりと見ることができた。

シュウナンは思わず靴下を脱いで足を入れ、「きゃあ」と叫んだ。小川の水はすごく冷たい……

小川は浅く、膝ぐらいまでの深さしかなかったが、渡ることができるように、平らですべすべした石がいくつか、きれいに並んでいた。水量が増えると流れが石を越えてしまうけれど、すぐに水が引いて、また石が現われるのだった。

小川の向こうには、こちら側と向かい合って一本の小道があった。それは切り石を積み上げただけの手作りの階段だったが、緩やかに上がって、どこかへと続いていた。

シュウナンは、目の前が緑でいっぱいだと感じた。この土地のかすかな風や、しとしと降る雨、ここの空気がみんな、淡い緑色に染め上げられているようだった。

小川を渡って、石段を上るとき、シュウナンは息をのんだ。

頭のてっぺんからセミの歌が降ってきた。いくら聞いても、このセミと北方のセミの声の違いはわからない。南方の人と北方の人の言葉にはあんなに違いがあるのに、セミの声には違いがないのかしらと、シュウナンはふと思った。

この近くに、ビエン・ユーの家があるのだと、シュウナンは直感した。

石段が突然とぎれると、目の前の視界が開けて、この村ではごく少ない平地が現れた。

そして田んぼのはずれにある、切り石で作った白い家が目に飛び込んできた。

同時に、番犬やガチョウが来客を知らせるみたいに、セミの声が突然大きく響きわたった。

シュウナンの胸は高鳴った。この家にいるビエン・ユーが、自分が出会ったあの男子でありますように……

白い家のドアが開き、女の人が出てきた。田んぼのあぜ道をこちらに向かって来る客を、不思議そうに見ている。

チュ・イーランには、それがビエン・ユーの母親だとわかった。

「あなた様はチュ先生ですね！」

ビエン・ユーの母親はいぶかしげに続けた。

「どうしてわたしたちのところへいらしたのですか、こんなところにまで……」

イーランは急いで進み出た。

「ビエン・ユーにちょっと会いたかったのです。お家にいますか？　こちらは、わたしの娘です」

イーランはシュウナンを指さした。

ビエン・ユーの母親の目がふっとかげり、夕やみのような色になった。そして、がっくりと肩を落とし、後ろを向くと何も言わずに家の中に入ってしまった。

シュウナンは父さんと一緒に、家に入って行った。これから何か重大なことが起こるのだと思いながらも、がまんできずにもういちど言った。

「ビエン・ユーはいますか」

ビエン・ユーの母親は、机の上を指さした。

シュウナンは目を凝らして見た。机に写真立てが置いてあり、その写真の中で、きりっとした顔立ちの少年がほほ笑みながらこちらを向いている。間違いなく、シュウナンが学校で出会い、そして、いままで何度も助けてくれたあの男子だ……

シュウナンは無情にも聞いてしまった。

「この人はどこにいるんですか」

その時、イーランの大きな手がシュウナンの肩をがっしりと押さえつけた。

「シュウナン、やめなさい……」

シュウナンははっと気づいた。写真の中のビエン・ユーは、もういないのだ。

ビエン・ユーの母親の目から涙が流れた。けれど、立ったままで唇をかみしめ、声も出さず、二人におかけくださいと合図をした。

シュウナンは、ビエン・ユーの母親はとても気丈な人なのだと思った。

のどがつまったようになり、目も涙でいっぱいだったけれども、シュウナンはこのときまだ、写真の中の少年と自分が知っているビエン・ユーとは別人で、ただ顔が似ているだけではないかという、かすかな希望を持っていた。

しばらくの沈黙のあと、チュ・イーランがそっと尋ねた。

「いつ、お亡くなりになったのですか」

イーランは、あえて、ビエン・ユーがなぜ亡くなったのか、とは聞かなかった。若さと生命がみなぎる年頃で世を去ったということは、なにか悔やんでも悔やみきれない辛い事情があったにちがいないからだ。母親の傷口に触れることはしたくなかった。

「今月の二十日でした……」

「おお、それはちょうど一週間前ではないですか！」

イーランはやや驚いて言った。

シュウナンの胸はぶるぶると震えた。二十日は、ちょうど入試の最後の日だ。

「なんということでしょう」イーランは心から悲しくなった。そして、こう尋ねた。

「亡くなられる前に、息子さんは竜城[1]に来たことがありましたか」

「竜城？」

ビエン・ユーの母親は顔を上げ、不思議そうにイーランを見た。

「ええ、竜城に来たことがありましたか？」

シュウナンも聞いた。

ビエン・ユーの母親は悲しげに首を振って言った。

「いいえ、あの子はこんなに大きくなっても、竜城どころか、この県からも出たことがなかったんですよ。まだ元気だったころ、あの子はいつも言っていました。あなた様がとても親切にしてくださり、偶然出会っただけなのに、こんなふうに助けてくださったのだから、きっと竜城の大学に受かって、お礼を言いに行くんだって……ああ、それなのに……」

シュウナンとイーランは、互いに顔を見合わせた。

「ビエン・ユーは、その後高校へ上がったのですか」

イーランは、さらに尋ねた。

「中学を卒業して、県の高校に入りました、全校で一番だったんですよ……」

ビエン・ユーの母親は手で涙をぬぐった。

「では、あまり家には帰ってこなかったのですか」

「ええ。大体、二週間に一度帰って来て、わたしを手伝って働くと、また急いで戻って行きました」

「学校へ行っていた時、お母様には言わずに竜城に行ったのではないでしょうか?」

シュウナンが尋ねた。

ビエン・ユーの母親は驚いて目を丸くした。

「なんですって?　あの子がわたしに黙って……」

「ええ、お母様に黙って……」

母親は首を振った。

「そんなはずはありません。絶対に、そんなはずはありません……」

「わたし、」

シュウナンが言いかけるのを、イーランがあわてて止めた。が、間に合わなかった。

「わたし、竜城でビエン・ユーに会ったんです！」

ビエン・ユーの母親は目を細めた。

「竜城であの子に会ったですって？　いつのことですか」

「何回も会いました。最後に会ったのは一か月前でした！」

母親は苦笑いしながら首を横に振った。

「人違いでしょう」

「わたしが会った人も、ビエン・ユーっていう人だったんです！」

「ああ、同姓同名も多いでしょう、あの子のはずはありませんよ！」

「どうしてそう言い切れるんですか？」

ビエン・ユーの母親は目をこすりながら、部屋に置かれたベッドを指さした。

「あの子はこのふた月、あそこに寝ていたんです。わたしは一日中看病をしていました、つきっきりでね。竜城へ行けるわけがありませんよ……」

シュウナンは驚きのあまり、言葉が出なかった。

「ビエン・ユーは、なぜ亡くなったのですか」

イーランは、とうとう我慢できずに聞いてしまった。

母親は写真を指さしながら、ぽつりぽつりと話し始めた。

「去年の夏、息子は大学を受験しました。自分では合格できると思っていたのですけれど、いざ発表になってみると、一点の差で不合格だったのです。自分の成績がそんなに低かったとは信じられず、長い間県に行って調べていましたが、結果は得られませんでした。

家に帰って来てから、息子は三日三晩何も食べず何も飲まず、ただベッドに横たわるばかりでした。そして起き上がってからはろくに話もせず、一日中必死で働いていました。あの子はもと住んでいた草ぶきの木の家を石造りの家に建て替え、山を登って来る道を石段にしてくれたんです。

村の人たちはみんな、『あの物静かな子が、こんなにたくさん、骨の折れる力仕事をやりおおせるなんてまったく大したものだ、大学に受からなかったのは本当に残念だ。もし合格したら間違いなくすばらしい人材になったのに』と言いました。……ある日、息子はわたしに『母さん、ぼくは一生、あのチュおじさんに恩返しができないかもしれない』と言ったので、わたしは、『そんなことを言わないで、人生は長いのだから、いつか竜城へ行けるかもしれないよ』と話しました。すると、あの子はこう言いました。『ぼく、山に登って珍しい薬草なんかを採って、チュおじさんに送ろうと思う。もし帰ってこなくても心配しないで……』と。

それを聞いたからには、わたしは絶対にあの子を行かせませんでした。あの子も行きはしなかったのですが、一日ぼうっと空を見ているだけで、何を考えているのかわかりません。で、二か月前のある日、あの子がどうかなってしまうんじゃないかと心配で、ちょっと気晴らしに県城へ行ってみたらって勧めたのです。

その日の晩、あの子が帰って来なかったので、わたしは一睡もできませんでした。二日目の朝早く、わたしは県城に向けて出発しましたが、その途中で村の人が、息子がダムの底で見つかったと教えてくれました。十数メートル上のダムから落ちたのです。

病院に運ばれてからずっと、息子は昏睡状態でした。一週間が過ぎたとき、お医者さんに、脳波は強烈だけれど心臓は弱っていて、もう何日も持たないだろう、大病院に行っても手の施しようがない、と言われました。わたしは息子を連れて帰りました。あの子は目を閉じたままで、もう動くことも話すこともできませんでしたが、わたしは毎日お碗に一杯の砂糖水を飲ませてあげました。二か月、あの子はずっとこうして寝たきりでしたが、六月二十日のお昼の十二時に、突然目を開けて、一言『母さん』って言って、涙を流して……」

ここまで話すと、ビエン・ユーの母親はもう涙で声も出なくなってしまった。

シュウナンの心臓がドクンと鳴った。昼の十二時は、入試の答案用紙に「。」が書けなかった、ちょうどそのときだ。シュウナンは何を思ったか、今まで抑えていた感情が一気にあふれ出し、もう我慢できなくなって、声を上げ激しく泣きだした。机の前のビエン・ユーの写真を取り上げ、胸にしっかりと抱いて……

イーランは涙を拭きながら言った。

「ビエン・ユーが持っていたペンを、覚えているのですが」

ビエン・ユーの母親は部屋に行って、ろうけつ染めの布で作った文房具袋を持って来た。

シュウナンと、チュ・イーランは一緒に立ちあがった。

母親は残念そうに言った。

「あのペンは、もとは、ずっとこの袋の中に入っていたのですけれど、あの子が倒れた日からこのかた、見当たらなくなってしまって……」

シュウナンがポケットに手を入れると、何かに触った。シュウナンの胸は狂ったように鳴った。取り出してみると、それは間違いなく、あのひびだらけになって、テープで貼り合わせたペンだった……


家に帰る列車に乗ったのは、次の日の夕方のことだった。

シュウナンとチュ・イーラン親子は向かい合って座っていた。

シュウナンはポットからお湯を一杯注いでイーランに渡したが、目はまだ次第に暮れていく窓の外をじっと見つめたままだった。

「シュウナンは、一体どういうことだったのか、わかったのかな?」

イーランが聞いた。

シュウナンはうなずいた。

「ちょっと話してみてくれないか」

「うまく言えない」

「わかったのに、どうしてうまく言えないんだい?」

シュウナンは急に車両の端を指さして言った。

「父さん、見て！」

チュ・イーランは振り返ってみた。ちょうど、ビエン・ユーがリュックを背負って、車両の入口からこちらに来るところだった。

二人はぽかんとしたまま、ビエン・ユーが三列離れたベッドのところまで歩いてきて、ベッドに表示された番号と持っている切符をもう一度確かめ、荷物を荷棚に置いて座るのを見ていた。

シュウナンがイーランの手をさっと引っ張り、二人は同時に立ちあがってビエン・ユーのところに向かった。

二人はビエン・ユーの前で、しばらく言葉に詰まってしまった。

ビエン・ユーが顔を上げ、にっこりして言った。

「なにか？」

「わ、わたしがわかりますか」

シュウナンの声はかすかに震えている。

ビエン・ユーは首を横に振った。

チュ・イーランも、子どもみたいな口ぶりになって言った。

「ぼくのこともわからないかな?　四年前に、採石場で?」

ビエン・ユーは礼儀正しく、丁重に頭を下げた。

「すみません、本当にお二人のことはわからないのです」

「あの……ビエン・ユーさんですよね?」

シュウナンはビエン・ユーの顔をじっと見つめながら聞いた。

「ぼくはビエン・ユーじゃありませんよ、人違いでしょう」

その少年はまったく聞いたことのない名前を告げた。

二人はしばらく、ショックから立ち直れなかった。

イーランはもう一度尋ねた。

「竜城へ行くんですか」

「いいえ」

少年は別の都市の名前を言った。

「進学ですか」

「いいえ、働きに行くんです」

言いながら、少年はちょっといたずらっぽく笑った。

「ぼくはあなたたちを全然知らないのに、あなたたちはどうして、こんなにたくさん、ぼくに質問をするんでしょうか」

「すみません、知り合いを思い出したんです。あなたとそっくりだったもので」

「その人も、ぼくみたいに元気いっぱいなんでしょうね」

と、少年は茶目っ気たっぷりに言った。

「どうでしょうか、わたしが会ったとき、その人はまだ十三歳でしたから」

シュウナンは少年の肩越しに、車窓を通り過ぎていく田畑や川、道路を見ていた。そして思った。

「この世界は本当に広いんだわ……」

（1）シュウナンたちが住んでいる都市の名前。

発刊の辞――中国の同時代の児童文学の刊行への期待

渡邊晴夫（日中児童文学美術交流センター副会長、会長代理）

中国の絵本の翻訳は日中韓三国の平和絵本として出版された『京劇がきえた日』などのほかに二〇一六年に国際アンデルセン賞作家賞を受賞し、名実ともに中国を代表する児童文学作家となった曹文軒の『はね』などの絵本がここ数年の間に出版されているが、まだまだ十分とはいえない状況にある。それは中国の児童文学作家によるオリジナル絵本の出版の歴史は浅く、ここ十年くらいの間に少しずつ本格化したと言ってもよいからである。

中国の児童文学は一九五〇年代に葉紹鈞「かかし」、張天翼「宝のひょうたん」、謝冰心「タオチーの夏休み日記」などの名作がすでに翻訳、出版されている。その後かなり長い間空白に近い時期があって一九八〇年代の後半からは文化大革命の終結後に新しく書きはじめた作家の作品が翻訳、出版されるようになった。劉心武『ぼくはきみの友だちだ』、程瑋『フランスから来た転校生』、陳丹燕『ある15歳の死』、秦文君『シャンハイ・ボーイ チア・リ君』、鄭春華『すみれほいくえん』などで、二〇〇〇年代に入っては曹文軒の名作『サンサン』が刊行されている。

一九八九年に創立された日中児童文学美術交流センターは機関誌『虹の図書室』（第一期二〇号、第二期十八号）を刊行して中国児童文学の翻訳、紹介に一定の役割を果たしてきた。私は同誌の編集に加わり、現在は編集責任者をつとめている。また翻訳者としては一九九〇年に曹文軒の出世作『弓』を翻訳して以後、秦文君、張之路、新進の湯湯などの有力な作家たちの四十篇を超える作品を翻訳、紹介してきて、中国の児童文学の豊かさを身をもって知るとともに、書籍として出版される作品のあまりにも少ないことを痛感してきた。

読者は「中国絵本館」と「中国少年文学館」に収められる諸作品を通じて中国の同時代の絵本と児童文学の豊かな可能性を知ることができるだろう。この二つのシリーズが読者に歓迎されて、末永くつづいてゆくことを心から願ってやまない。

著者紹介

張之路（ジャン・ジールー　Zhang　Zhilu）

1945 年北京生まれ。作家、脚本家。中国作家協会児童文学委員会副主任。中国映画人協会児童映画委員会会長。北京師範学院物理学科卒業。物理教師として教壇に立つかたわら児童文学作品を発表。十数年の教員生活を経て 1982 年北京児童映画製作所に移り、シナリオライターとなる。代表作に映画にもなった『霹靂貝貝』（帯電少年ベイベイ）や、教科書にも掲載されている『羚羊木彫』（木彫りのレイヨウ）などがある。2005 年に中国アンデルセン賞文学賞を受賞し、翌 2006 年に国際アンデルセン賞作家賞候補として推薦された。邦訳に『第三軍団』がある。

監訳者紹介

髙野素子（たかのもとこ）

1959 年大阪府生まれ。1984 ～ 1987 年上海・復旦大学に留学。
日中児童文学美術交流センター、中国児童文学研究会会員。訳書に『真夜中の妖精』『なかなおりの魔法』『精霊のなみだ』（以上、あかね書房）、『ちえくらべ・アーファンティのとんちばなし』『オレのジタバタ記』『第三軍団』『漢字アートデザイン』（以上、樹立社）、『狼伝フイマン』（小学館）などがある。

訳者紹介

中村邦子（なかむらくにこ）

1965 年生まれ。早稲田大学文学部を卒業。図書館員の仕事を通じて中国児童文学に出会う。日中児童文学美術交流センター、中国児童文学研究会、NPO 法人日中翻訳活動推進協会会員。『虹の図書室』（日中児童文学美術交流センター）に翻訳を発表。

中国少年文学館　セミの歌、きみに届け

2025年2月20日　初版第1刷発行

作　者	張之路
監訳者	高野素子
訳　者	中村邦子
発行者	向安全
発行所	株式会社 樹立社 〒102-0082 東京都千代田区一番町 15-20 フェニックスビル 502 TEL 03-6261-7896　FAX 03-6261-7897 https://juritsusha.com/
編集協力	岩井峰人
印刷・製本	日本ハイコム株式会社

ISBN 978-4-910326-10-8　C8097